谜托邦
MYSTOPIA

华文推理新大陆
推理迷的乌托邦

职场女孩的受难

陆烨华 时晨 陆秋槎 王稼骏 E伯爵 著

北京联合出版公司
Beijing United Publishing Co.,Ltd.

目 录

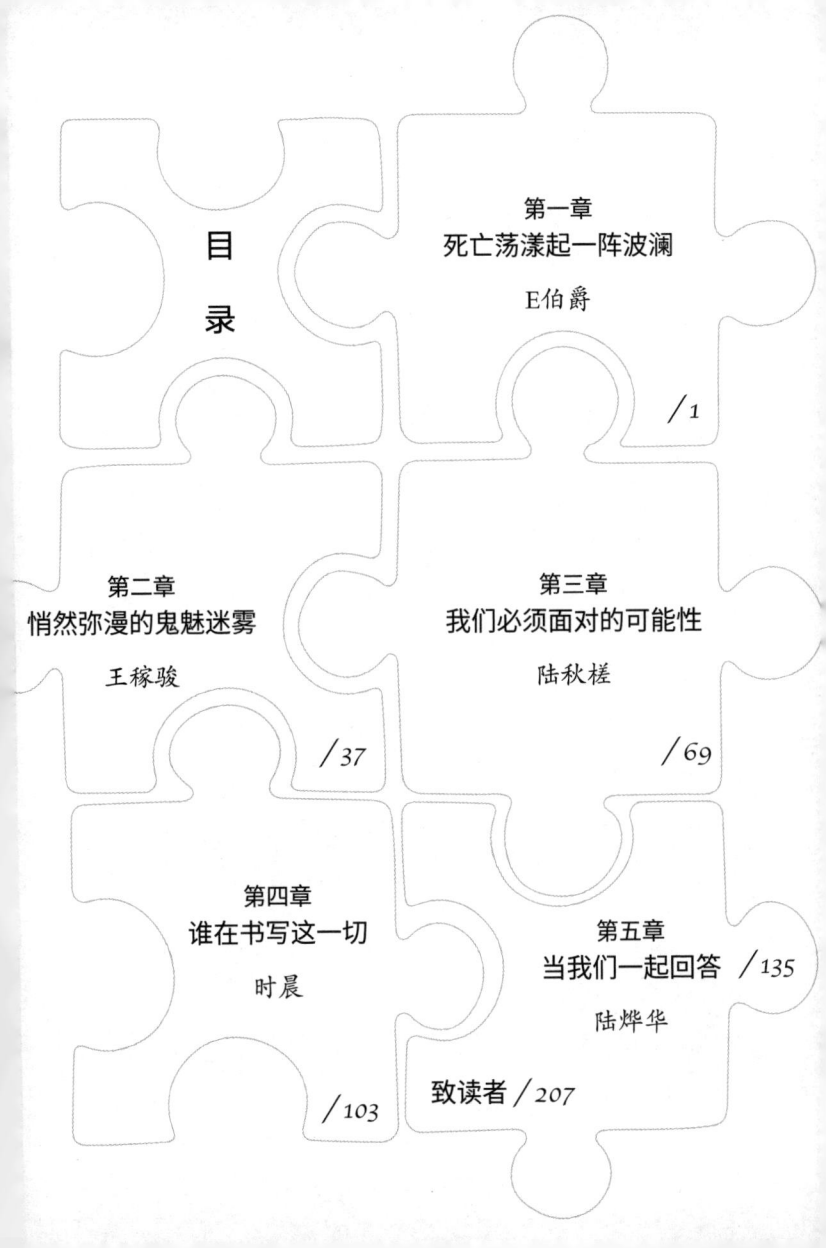

第一章
死亡荡漾起一阵波澜

E伯爵

/1

第二章
悄然弥漫的鬼魅迷雾

王稼骏

/37

第三章
我们必须面对的可能性

陆秋槎

/69

第四章
谁在书写这一切

时晨

/103

第五章
当我们一起回答 /135

陆烨华

致读者 /207

第一章
死亡荡漾起一阵波澜

E伯爵

商问站在马路边，手里拿着一杯印着小鹿头像的咖啡，像是凝固了一样盯着眼前的马路。

　　深灰色的路面干干净净，在昨夜的大雨后还有些湿润，但没有任何泥浆。虽然这里是 CBD 的边缘位置，可毕竟也是高档地段，随时都有人打扫，平时连一个烟头都不会留下，更何况是血迹。

　　穿着正装的上班族来来往往，没有人关注这个端着咖啡愣神的年轻人。偶尔会有几位女士因为他的脸稍微多看两眼，可很快就擦过他的身边，赶自己的路去了。

　　商问也不在意他们，或者说他也不知道自己为什么会这样，对周围的一切都没有力气去关注。

　　腕表上的闹钟提醒他，距上班打卡的最晚时间还有十分钟，他这才一口气喝完了咖啡，把杯子丢进垃圾桶，转身走进了背后的一座写字楼。

商问排了两轮才终于挤进电梯,他被紧紧地夹在几个人中间,前面女士的香水味和侧面一位男士明显的烟味同时钻进他的鼻孔,让他悄悄屏住了呼吸。等到了17楼,好不容易从电梯里挤出来时,他开始大口地呼吸。

"哟,咋还大喘气呀?"一个穿着酒红色职业套装的女人从他背后走过来,笑嘻嘻地对他说。

"芸姐早……"商问微微点头,向她问好。

"早,"她指指电梯间那一头,"早上电梯太挤,你就去看看二号货梯,下地下一楼去搭。那电梯不停靠一楼和二楼,一般很少有人排队。"

"好,我知道了,谢谢芸姐。"

"客气啥,每个新人我都告诉他们这个小秘密。"那女人笑起来眼睛眯成一条缝儿,"谁让你们都是我招进来的呢?"

她转身走进前面的玻璃门,门后面有一个硕大的产品展示屏,不断地滚动播放着各种文创产品和地推活动,最后渐渐地汇集成了四个大字——"读世文化"。

作为 HR 的何芸，在穿着上向来很注意跟公司的格调搭配，在走过这面产品展示屏时，就好像融入了那些片段，也是这展示的一部分。

身后另一架电梯到了，发出"叮"的一声，商问连忙走进公司大门，来到自己的工位上。

他所在的部门是公司的总经办，职位是行政秘书。这是整个公司职能最杂的部门，但一共就四个人——现在只剩下三个了。

商问在自己的工位上坐下，虽然心中强烈地抗拒着，但还是忍不住转头看了看旁边。

那个位子上空空荡荡，连一片纸都没剩下。

商问还记得几天前这个工位的样子：跟自己一样配置的笔记本电脑，放在一堆过期的文件上高高垫起，旁边是好几个放各种文件的资料架，上面贴满了五颜六色的小标签，甚至连电脑上都粘着好几个便利贴。公司过去做的一些形象布偶和客户的样品放在桌子上，花花绿绿的，有点杂乱，又很可爱。在这堆东西中间，有一个粉色的、巨大的水壶，上面有许多大头贴，主角都是一只超级肥的奶牛猫。

"这壶有 1500 mL，"猫的主人对他说，"人一天至少得喝这么多水，才不会得肾结石。"

其实她一天根本喝不完 1500 mL 的水，虽然她每天一上班就会接满整整一壶水，可商问看她总是忙忙碌碌的，不是在做方案，就是在做表格，或者抱着文件跑来跑去找领导签字，常常忘记喝水。直到下班时，水壶里都还有一半的水。

商问愣愣地看着那一片空荡荡的工位，很奇怪怎么能把那么多的东西收拾得一点儿不剩。他们难道都扔掉了吗？

商问觉得舌根上残留的咖啡味道愈发苦了，他就不该喝冰透了的美式，又苦，又一路冰到身子里。

"小商啊，看什么呢？"一个头发花白的女人来到商问的工位旁，手里端着一个冒着热气的杯子，然后递给他一个小塑料盒，"尝尝吧，我昨天晚上烤的，我家老头儿说还可以。"

"谢谢丽姐。"商问站起身来,双手接过那个"乐扣乐扣"——用得久了,上面有许多划痕。

这是他的直属上司,总经办主任袁丽景,一个已经过了退休年龄的老大姐,也是公司资格最老的员工。她平时就很照顾他们这些年轻员工,几乎没什么架子,总爱给他们带点儿手工烘焙的小玩意儿,也不怎么板起脸来训人,所以部门里大伙儿都还挺尊敬她的,也体谅她——即便她几乎不加班,但因为她的年纪和资历,也没人说啥。

袁丽景看商问在瞅旁边的工位,就知道他在想什么,叹了口气,压低声音对他说:"小商啊,有些事情吧,是真没办法。这也不是你的错,你可别往心里去啊。"

商问的手指紧紧地抠着那个"乐扣"盒子,抿着嘴,没有回话。

袁丽景又说:"旁边桌子早晚都得收拾,警察已经把该拿走的都拿走了,刘总确认过可以收拾,还让我快点儿，我就安排了。"

商问很想问：那些布偶呢？还有那巨大的塑料水壶呢？它们都没人认领吗？至少……他想留下一两张奶牛猫的贴纸。可他最后还是没问出来，因为他知道答案最终肯定会让他失望。

"我明白，"他终于选择了一个最妥帖的回答，"那，丽姐……我做事了。"

袁丽景点点头，又轻声安抚他："好，等会儿我把一些事情交接给你，蕾蕾……"

她的嘴里突然说出这个名字，声音细得仿佛一根针，轻柔又尖锐地刺进商问的耳蜗里，痛感一路向他大脑深处钻去。

袁丽景又顿了一下："蕾蕾的工作就由你来接着做好了，她应该给你详细交代过。"

商问已经说不出话来了，他强撑着点点头，不敢再多看袁丽景一眼。好在这位老大姐十分知情识趣，也不再多说，转身回到了自己的隔间中。

商问用冰冷的指尖按开电脑,系统很快响应。在他打开网页的时候,本地新闻的插件一下子跳出来。那些发生过的大大小小的事情未经允许就撞进了商问的瞳孔,他很快就看到了最为刺眼的一条:

一女白领横穿马路被撞飞,现场惨不忍睹!

下面是几句摘要,商问只看到那最可怕的几句:某文化公司职员任某某因无视交规,在公司门前被撞身亡。

商问的心中突然被巨大的悲伤和愤怒淹没了。

"任欣蕾,"他默默地在心里念着这个名字,"她有名字,她叫任欣蕾,她没有无视交规,她肯定是有急事……"

商问把头埋在双手中,眼泪止不住地流了出来。

任欣蕾的死亡完全是个意外。

这个年仅27岁的姑娘经历了非常难过的一周。被工作了6年的公司"读世文化"辞退后,她回家默默地待了一天，然后回到公司办理手续。她带走了一部分东西，其他的还没来得及收拾，说是需要搬家，暂时留一天。

袁丽景作为她的老领导，深深地叹了口气，自然是愿意给她一个方便的。结果第二天晚上，她来到公司门口却没有进去，就在街对面来回踱着步子。

商问看到她的时候，心猛跳了一下。毫无疑问，商问对任欣蕾是有些好感的。作为一个职场新人，他进公司刚过试用期，带他的老员工就是任欣蕾。她长着一张娃娃脸，看不出比商问还大三岁，而且总是带着微笑，十分亲切。

总经办这种地方，要做的杂事特别多，各种报表老是需要填个不停。汇总各个部门的材料，还有需要起草的文件，甚至一些总经理的行程都要负责。作为行政秘书的任欣蕾心细，做事又麻利，还笑眯眯地任劳任怨，人缘挺好的。办公室里原本她年纪最小，所以被人叫"蕾蕾"。而当商问来了以后，他叫她"蕾姐"，被任欣蕾连连摆手拒绝。

"哎呀,哎呀,快别这么叫。"她咯咯地笑,"我还想再扮嫩几年呢,你也叫我蕾蕾吧!"

商问给她搞得有点不好意思了,但"蕾蕾"这个昵称,是无论如何叫不出口的,最后选了个折中的方案。

"欣蕾",这个称呼成了商问对她的专有称呼,带着熟稔但跟其他人相比又似乎保持了距离。可后来商问渐渐地觉得这样也挺好,只有他这么叫她,很特别。而且这称呼抹平了他们俩之间年龄和资历的差距,让他有些窃喜。

公司不太禁止办公室恋情,毕竟 HR 何芸和财务总监周振宇就是两口子。有了管理层这个先例,下面员工要真交往了倒不好认真管。只要不嚷嚷得尽人皆知,或者闹别扭影响工作,公司都会睁一只眼闭一只眼的。

商问跟着任欣蕾干得越久,心中的想法就越多。每次任欣蕾帮他审读他起草的一些通知之类的,给他指出错误甚至润色一些句子,就仿佛是拿着小小的洒水壶,在他内心的那片土地上浇水，催生种子萌发。

商问以为将来的表白会顺理成章，因为他旁敲侧击地了解到任欣蕾独身一人在这个城市里打拼，唯一的家人就是那只叫"面包"的奶牛猫——她是这么渴望能通过自己的工作挣到钱，买房子安家，所以口头禅就是"面包会有的"，于是她先有了一只"面包"。

商问小心而雀跃地期待着，准备着，但没想到就在上周一，任欣蕾突然就被辞退了。

没有具体的通报，只有一个内部的口头告知，原因是什么"由于工作疏漏而给公司造成重大损失和不良影响"。

商问是不相信的，因为任欣蕾是如此心细，在核对条款的时候甚至连标点符号的错用都能改过来。她经手的数据，几乎没有出过错。

但通知下达后，商问却看到从来都温柔地笑着的任欣蕾，脸憋得通红，眼睛里含着泪水，在袁丽景的隔间里待了很久，出来以后就趴在桌上半天没动。他很担心，一个上午什么都没做，不知该怎么帮她。还没等他想出合适的主意，任欣蕾却很干脆地去人事处办了手续，接着拿上一些东西就回家了，甚至没有留下来跟其他人多说几句。

作为一个新人，商问在公司里最亲近的就是任欣蕾。但作为一个长相不错的年轻人，他还是受到了许多人的欢迎，他们在他面前也多少会有一些不知真假的闲聊。

"据说这次跟 IFN 地产的合作泡汤了，说是产品设计图上的商标给做错了，"设计部的小 A 说，"当时商标文件的备份就是任欣蕾给这边的。"

"我听说是有一份已经签订的合同上重要的版权条款给删了必要条件，结果咱们的'绿豆龙'IP 的使用权就拱手让给了第三方。"

"是吗？不过，这事儿我听说其实不是任欣蕾删的啊，法务那边不是审过了吗？"

"可最终送刘总签字的是她呀。"

……………

商问对这些话并不太相信，他觉得自己应该跟任欣蕾谈一谈，即便无法挽回现在的局面，但哪怕让她知道有人相信她，也许会让她好受一点儿。

可商问发出的微信并没有收到任何回复，甚至打电话也没有人接。要是他知道她住在什么地方，可能真会忍不住去找她。

就在他忍不住想去找袁丽景询问的时候，任欣蕾就出现在了公司楼下。

物业的监控拍到了全过程，公司里的人私下传了片段。

那是晚上八点多的时候发生的事。深秋的天气，夜晚的温度只有 10 度多点儿，她却还穿着日常的职业装——上半身是一件衬衫和米色的西装外套，下半身是及膝的一步裙，脚上是寻常的平底鞋——就仿佛她是加班的时候从楼上下来，在旁边的便利店买点儿热咖啡和加餐的三明治一样。

但她显然已经不会这样做了,她只是在街对面焦虑地走来走去,仿佛一只找不到路的仓鼠。

突然,任欣蕾站住了,并且抬头看着这边。

商问现在还清晰地记得她那时的表情:有些错愕,又有些惊喜,接着便好像看到了希望。她停止踱步,突然向公司这边跑过来。

事情就是发生得如此突然。

她被撞飞了,像一只被高高抛起的马克杯,落在地面,摔得粉碎……

商问没怎么去看后面的内容——任欣蕾躺在地上的样子,她的血从头上流出来,路人渐渐围拢,议论纷纷的样子……

任欣蕾被撞得飞起来的那一瞬间,成了他最可怕的噩梦,他没有勇气多看一眼。

他后来才知道,任欣蕾被送到医院后还抢救了很久,但最终因为颅脑损伤太严重,没能挺过来。这个女孩子就这么匆匆忙忙地在她最失意的时候告别了残酷的世界，并且没来得及知道有人曾真心喜欢过她。

商问把那刚刚萌发的爱情作为一种祭奠，永远地埋在了心底。而他更难过的是，现在任欣蕾的痕迹正在公司里一点点消失，似乎在逐步退出他的世界。

她的死亡，对其他人来说无足轻重，或许有惋惜和难过，但跟她的生命相比，实在太过轻微——不过是被同事们热议个两三天，便渐渐消失在更多新发生的公司八卦中。

商问有些不甘，但在悲伤慢慢褪去的时候，他的心中却诞生了一个疑问：

被辞退的任欣蕾，为什么会晚上在公司外面徘徊？她回来做什么？还有……在最后那一刻，她到底看到了什么，才会不顾一切地横穿马路？

商问想知道答案。

"读世文化"的公司规模其实挺大的，足有两百多号人，在文化创意产业里也算小有知名度，主要业务是与很多公司合作进行文化创意产品的开发，还有一些宣传方面的服务。公司自己也做了一些 IP 产品，主要还是以玩偶和盲盒一类的形式推出。这几年，公司开始把比较有人气的 IP 进行内容包装，逐渐用短视频来出故事，也算得上比较顺利，因此业绩也是蒸蒸日上。

商问所在的总经办几乎跟公司所有部门都会打交道，除了极少部分不需要汇报给总经理的小业务，其他大大小小的事情最终都会汇集到他们办公室来。各个部门来办事的时候，对他们都客客气气的，有时候也熟络地聊一聊，这里也几乎成了一个内部八卦的集散地。

自从任欣蕾出事以后，到总经办来办事的时候，同事们多少会朝那个空荡荡的位置多看一眼，但又非常默契地什么也不说。这种状况直到一个新实习生带着笔记本电脑来临时坐下，才逐渐消失。

商问知道，公司里的大部分人已经忘记任欣蕾曾经存在过了。但他没有料到，时隔半个月，他猝不及防地又听到了这个名字。

那天，他按照何芸的指点，到地下一楼去坐货梯，在还没走出安全楼梯的时候，就听见有人在货梯前聊天，似乎就是公司同事，从他们的嘴里，清晰地说出了那个刺痛他的名字。

"你说怪不怪？人都死了半个月了，还能给黄总发邮件？"

"任欣蕾在给黄总的邮件里说了啥呀，怎么就让黄总跟董总吵起来了呢？"

"我哪儿知道？我送文件进去的时候就听见他们说了一句'任欣蕾的邮件'，黄总看起来简直要气炸了。你知道，她眼睛一瞪那样儿……母老虎啊！"

商问知道他们说的黄总是黄娇娇，公司市场部的销售主管，一个非常厉害的女人，才三十多岁就当上了高管，是干了十多年底层业务员一路爬上来的，可以说是最早进公司那一批人里的佼佼者。现在她手下有几十号人，按照产品属性和销售区域分派任务，据说个个儿都挺怕她，被收拾得服服帖帖的。

在这个市场上，销售为王，有业绩打底，脾气大点儿也不是什么问题。

但黄娇娇能跟董总大吵，也是件奇怪的事情。

管理产品研发部门的董飞是一个几乎没跟人吵过架的人——不是因为他脾气好，而是因为他怂。

商问在听到来办事的人说到自己的上级时，多少都会带着一点儿尊敬，但董飞手下的人提到他的时候，那口吻中的随意是掩饰不住的，甚至还多少透出一点儿轻蔑。

跟黄娇娇一样，董飞也是很早就进公司的老员工了。如果说黄娇娇是拼力气坐到了现在的位置，那董飞就是靠运气。

虽然他管理的是产品研发部门，但他的每一根头发丝儿都透着乏味，看不到一点儿创作者的灵气，不仅审美落后，也想不出什么创意，偶尔会有"灵光迸现"，但拿出来的东西实在不忍直视。但他的运气又特别好，在进公司之初，读世文化是做代工的，拿着人家设计好的东西进行加工生产，并没有什么难度。等到自己开始做产品了，就招聘能力不错的设计人才进来，董飞顺理成章地成了部门主管。手下人把产品做出来，他基本上就是点头过手签个字，但卖爆以后成绩都算到他头上了。这样几年下来，他不仅过得很滋润，还被上头认为能力不错。公司规模扩大了，他的部门也扩大了；公司的架构扩充了，他的位置也往上升了。就好像一片落在井里的羽毛，地下水丰沛了，水位上升了，它也晃晃悠悠地跟着浮得更高。

这十多年来，他早就摸索出一套生存之道。在下属和同级领导之间该做什么，在高层领导面前该做什么，他非常明白，至于产品——自然有那些讨厌管理、只想做本职工作的设计阿宅顶着。要阐述要讲解，临时抱抱佛脚总能过关，反正真干活的人还是有的，忍不下去的走了就走了，没有人是不可替代的。

但正因为这样苟且偷生，他也很心虚，所以在公司高管中是最怂的一个，从来不敢跟人红脸，甚至下属一红脸他都怕，就怕有人抖落出真相来，破坏了他如今的美好生活。

就这样一个人，居然能跟黄娇娇对吵？还是这俩人听错了，只是黄娇娇单方面在向董飞发飙？

可商问觉得这样也很奇怪：黄娇娇凶是凶了点儿，但好歹是做市场出身的，做人还是非常圆滑的，对平级和上级都应对得十分周全。更何况，董飞是个对她毫无威胁性，甚至还在产品方面能被她拿捏住的人，有什么事能让她这样变脸呢？

商问其实对八卦并没有那么强烈的窥探欲，但这两人提到了"任欣蕾"三个字，一切似乎就跟他有关系了，牢牢地将他吸引住。

于是，他就在拐角处停下了步子，屏住呼吸，不敢发出一点儿声音，聚精会神地听着那两个人的对话——他分辨不出说这话的是谁，但似乎有一个是黄娇娇部门的人，曾经来总经办跟他交接过一些文件，是一个有点烟嗓的女人。

那个声音继续说道:"黄总之前不是一直在说,董总他们那边的'西瓜大侠'系列跟××奶茶的联名款设计有问题吗?那一次她就很生气,但我看她去找董总撕的时候还笑眯眯的呢。这次居然都不装了,估计是真急了。"

旁边那人低声说:"任欣蕾以前可是总经办的人,说不定她知道什么隐情,泄露给黄总了。"

烟嗓女说道:"这不就奇怪了吗?她都死了这么久了,咋还会发邮件呢?"

"可以定时发送啊,而且用她的邮箱吧,也不一定是她本人。还有,万一是黄总前几天没看见邮件呢?"

"不可能!"烟嗓女提高了声音,"你不知道我们黄总有多卷,自从用了企业微信和邮箱,她可是要求我们重要的事儿都要发她邮箱备案的,她早中晚都要看邮箱,晚上十一点都还在回复邮件。"

"那多半就是定时发送吧?"另外那人也不想多争论。

烟嗓女又说:"要真是任欣蕾发的,也挺神奇,她设定在这个时候发送是为啥呀？难道知道自己会被开除？总不能是想到自己会死吧？"

这话说完，她似乎也发现有些诡异，连忙"呸呸"了好几声，又念了"阿弥陀佛"，向那个已经不在的女孩不停地道歉。

这时响起"叮"的一声响，电梯到了。商问看到投射在地上的光，接着又慢慢收窄、变细，最终消失。

他从拐角走出来，看着电梯显示屏上的灯慢慢变成了"1"，接着数字不断往上涨。等过了"10"之后，他才按下了向上的按钮。

刚才的话在他脑子里过了好几遍，他只能理解为：任欣蕾——或许不是她——发送了一封电邮给销售主管黄娇娇，导致她与产品研发部主管董飞激烈地争吵。

商问其实并不关心这封邮件是不是任欣蕾发出的，也不太在意邮件中到底写了什么，他只是觉得，这件事让他仿佛感觉到任欣蕾还活着。

电梯从 28 楼下来了，其间又有两个同事排在他后面，他们上去之后，又陆陆续续地被挤到了最里面。他已经贴在轿厢壁上，又有一股力量把他往后压了压，接着就听见前面的同事陆陆续续地在说"刘总早"。

原来是给总经理腾空间。

商问觉得奇怪，一般刘总很少这个点儿来坐电梯，他要么提前要么晚半个小时，总之会把高峰期留给需要打卡的普通员工。

但这也没什么值得多想的。这个电梯带着无形的压力和极少的寂静，来到了17楼。商问最后一个走出电梯，刚在自己的工位上坐下，就忍不住又看了一眼隔壁的空位。

还没等他收回目光，一个矮矮胖胖的中年男人就面色沉重地走进来，说："小商啊，你去通知何芸过来。哦，对了，还有董飞。"

商问连忙起身答应。

发布命令的就是总经理刘彦，总经办直接服务的领导。他也是公司的创办元老之一，是跟着董事长最早的下属之一，当年曾帮董事长挡酒，喝到胃出血，并凭这件事成功打动了甲方，拿下了一个很关键的代工项目，为公司的原始积累立下汗马功劳。所以，他坐到这个位置也是顺理成章，加上董事长将很多事情放心地交给他，所以在公司里他基本上算是最重要的实权人物。

他这么说了，没有人敢怠慢。

商问连内线电话都没打，专门跑去 HR 和产品研发部的办公室，把两位负责人请到了总经理办公室。

刘总的心情很不好。

即便是个刚转正不久的新人，即便大多数时候直接接触刘总的是袁丽景，商问也还是多少了解一些刘总这个人。他平时对人很随和，无论对中干还是普通员工，基本上都很少说重话，哪怕是很生气的时候，也不过多抽几支烟，脸色难看点儿，话说得重点儿，总会给谈话的人留点儿余地。

今天商问刚开门把何芸和董飞引进办公室，就看到刘总脱了外套，双手叉腰，原本白皙又圆润的脸仿佛一下子浇上了层生铁,变成了冷硬的面具。

"来了?"他看到何芸和董飞后立刻问道,"收到邮件了吗?"

何芸和董飞还没回答,刘总就冲商问抬抬下巴:"小商,你去把我今天早上的会都取消了。"

商问答应了,退出去关上门。

在门缝合拢的那一刻,他看到何芸背在身后的手捏着拳头。

刚回到工位坐下,袁丽景就急急忙忙地来找他。她每天都踩点儿打卡,因为资历老人缘好,刘总也从来没表示过不满。但今天她似乎有些不安,微微皱着眉头,问道:"小商,今天刘总心情不好?"

商问点点头:"好像是的……反正我看他脸色特别严肃。"

"叫何主任和董总去是为啥?"

"丽姐,这我哪儿能知道啊,不过应该是要紧事儿,刘总说取消早上的会。"

袁丽景瞪大了眼睛:"这么严重啊!刚碰到黄总,她也拉长个脸,不知道是不是因为这个事儿。"

可能也是因为邮件的事,商问心想。

"唉,这可真是……领导们个个儿心情都不好啊!"袁丽景叹气,"刚过来看到周老师,两个眉毛都皱得要打结了,不知道是咋回事儿?是业务出了问题吗?"

商问知道袁丽景的性格,老大姐没把下头的小年轻当外人,说话还是挺随意的。但商问没时间跟她聊,说了句"丽姐,我做事了",就赶紧去完成总经理交代的任务。

袁丽景连忙点头,回到自己的位置上。总经办的小办公区就在总经理办公室的斜对面,而袁丽景的位子又刚好能看见总经理办公室的门和玻璃窗,她坐下以后泡了茶,就时不时地抬头看那紧闭的门。

可惜门是实木的,玻璃窗上垂着百叶窗帘,拉上以后什么都看不见。袁丽景只能徒劳地用"注视"来消除心中的担忧和焦虑。

但商问没时间体会跟袁丽景一样的情绪。今天早上九点到十点半，刘总其实有两个会：一个是跟新甲方的商业模式计划讨论；一个是公司内部的人事任免。前一个跟营销人员和宣发部门都约好了，八个人得重新合计时间；另外一个反而简单，因为主要的参会人员就是何芸、董飞，另外还有黄娇娇和掌管财务的周振宇。

现在除了黄娇娇和周振宇，另外两个都在刘总办公室里。

面对高管的会议，商问不可能在企业微信上询问，于是他拿上工作笔记本，就去黄娇娇和周振宇的办公室了。

在黄娇娇那里他扑了个空，销售主管的办公室门关得紧紧的。这倒不奇怪，毕竟黄娇娇是经常需要出差的，但今天早上要跟总经理开会，她还没来，倒是不太像她往常的工作风格。

商问又转去了周振宇那里。财务总监的办公室也是跟他的部门在一起的，但因为涉及到一些需要保密的工作谈话，这里不像总经办一样只简单地用磨砂玻璃隔开，而是正儿八经修了一间办公室，并且没有开向员工工位这边的窗——只有严严实实的一堵墙。

周振宇就在这样一个不透风的盒子里办公。

当商问走进去的时候，他正坐在电脑前，眉头紧皱。

面向全公司的财务工作本来应该是最铁面无情的，但什么差旅报销啊，公务接待啊，酬劳发放啊，都有各式各样的问题发生，按照规定来难免有很难解决的情况。周振宇是从一线财务做起来的，业务相当熟练，很多其他会计解决不了的事，送到他面前肯定能找到办法。

当然，被骂一顿是少不了的。

而且周振宇几乎谁都骂——只要是违反了公司财务制度的，哪怕是部门主任，甚至高管，他都竖起眼睛来好一顿数落。唯二他不骂的只有刘总和董事长，这两位哪里还会亲自牵涉什么现金或事务性的账目？久而久之，公司里人人都有点害怕这位财务总监，但看在他能帮忙解决难题的分儿上，几乎都自动矮一头。

周振宇这个人就长着一张仿佛教导主任的脸,瘦长的脸型跟瘦高的身材搭配得很合适,眉心似乎因为常年皱着,而有了"川"字纹。在平时的工作中,他几乎不聊天,跟下属和同事也不开玩笑,简直就是一台完美的计算器。

公司里很多人都纳闷:这样一个长相普通又性情乏味的男人,当年到底是用什么办法,追到了时尚美貌又情商超高的何芸?他们交往的时候,两个人都算是普通员工,连因为地位差都不可能。

可显然两人感情还不错,只要不出差,何芸几乎每天中午都过来,叫上周振宇一起吃午饭。同事们时不时在写字楼下的餐馆里看到他们俩,何芸说说笑笑,周振宇还是沉默地吃饭,但表情很放松,对妻子说的任何事都显得非常有耐心。

这曾经被列为公司的奇景之一。

商问还没有跟周振宇有过工作上的纠纷,倒没有同事们那种浅浅的畏惧。他照常给周振宇说了会议取消的事情，同时询问周振宇接下来的时间安排。

周振宇没有立刻回答，只是眉头皱得更紧了，多看了他一眼："刘总说什么时间再开会了吗？"

"没有。"商问回答。

"那你问我又有什么用呢？"周振宇的口吻不像刁难，只是在阐述他的观点，声音平稳得没有丝毫起伏。

商问也自然地回答："我只是先预备着，万一这个会很重要，刘总要尽快重开，我也可以早点儿协调好各位领导的时间。"

周振宇点点头："你倒是多想了一步。"

他把自己接下来两三天的行程理了一下，给了商问几个时间。

"但只要刘总要求，我会尽量配合，以他的时间为准。"最后周振宇还是加了这句话。

商问认真地把周振宇的时间安排记在了自己的本子上，正打算走的时候，周振宇却又叫住了他。

"刘总今天为什么要取消会议？"周振宇问道。

"这个不太清楚,可能是有其他要紧事需要处理。"商问非常公事公办,多一个字也不说。

周振宇也没有表现出任何不满,只"嗯"了一声,又继续盯着电脑屏幕。

商问在回总经办时又路过了黄娇娇的办公室——门还是关着。他下意识地看了看时间,现在是九点半,已经过了原本会议预定的时间。按理说,第一个会议黄娇娇就应该出席。她这是真的迟到了吗?

商问也没多想,他回到自己的工位,打开电脑,进入 OA 平台,然后又打开企业邮箱——所有的投稿、外部商务接洽等,都会由总经办下载分类,经过筛选后转交给其他部门的同事。

以前这件事都是由任欣蕾负责的。

商问还有点记不住邮箱的密码,试了两次才成功登录。

他看到那些未读邮件,突然有一封刺痛了他的眼睛。

"欣蕾 任"。

那是他终身难忘的一个名字，就这样突兀地卡在一串新邮件中，就像一排玻璃瓶中出现了一只带着显眼裂纹的，只要碰一下，就会立刻碎掉，露出其中藏着的小纸条。

商问的手有些抖，但他还是移动着鼠标，敲碎了"那只瓶子"。

电子邮件很短，甚至没有署名，只有一句话：

你们没法杀掉我，我会报复的!

作者简介

E伯爵,重庆人,中国作协会员。著名科幻、奇幻、悬疑作家,科普期刊主编。其文字娴熟,风格多样,擅长以细节描写来表达丰富的故事内涵。

已出版作品有《天鹅奏鸣曲》《七重纱舞》《异乡人》《重庆迷城:雾中诡事》《生还之日》《天幕尽头》等。

其中,《异乡人》入围第二届燧石文学奖和第三届京东文学奖"年度科幻图书"前五强,入围首届华语科幻星云原作大赛(原石奖),荣获2019年银河奖"最佳原创图书奖";2021年,《重庆迷城:雾中诡事》荣获第十二届全球华语科幻星云奖银奖。

第二章
悄然弥漫的鬼魅迷雾

王稼骏

这 12 个字在眼前迅疾变幻，任欣蕾被撞的画面像决堤的水流在商问脑海中奔腾。他按在鼠标上的手指疯狂地抖动着，经过工位旁的同事向他投来目光。商问强忍住内心的惊恐，装作若无其事的样子。

商问口渴难耐，伸手拿过水杯，却发现里面一滴水都没有了。

他缩在椅子上，回忆如倒放的录像，将他整个人包裹起来。

那辆撞了任欣蕾的汽车肇事后，司机没有熄火，下车来到她身旁蹲下查看了一下她的伤情，随后又上了车，直接驶入了"读世文化"所在大楼的地下一楼停车场内，停在了监控的死角。等警察追查到汽车，司机早已不知所终。通过对地下一楼所有监控录像的排查，发现肇事司机戴着鸭舌帽和墨镜，脸部被口罩完全挡住，别说面部特征，就连性别都无法分辨。但核查所有进出大楼的人员后，确定肇事司机应该没有从出口离开大楼。

随着警方调查的深入，更多的疑点浮出水面。对汽车内部进行技术勘查，车内竟然没有发现司机的任何指纹或毛发，任何能够确认车主身份的物品都没有。很明显，肇事司机清理了这辆车的内部，甚至这辆车都是前几天刚刚报失的失窃车。

商问不得不对导致任欣蕾死亡的意外车祸产生了深深的怀疑，而这份邮件结结实实地证明了他的怀疑——任欣蕾是被人谋杀的。

这下完全想通了，司机下车检查并不是担心任欣蕾的伤势，而是在确认她是否当场死亡了。

肇事司机如果不是躲到其他车里离开，或是依然藏在停车场内，那么就很有可能通过地下一楼的电梯进入了大楼内部，再从正门离开。

但还有一种最大的可能性，这位故意开车撞死任欣蕾的司机,是在"读世文化"内工作的某个人,为了某个尚不为人知的动机,瞅准任欣蕾过马路的时机,冒着极大的风险在众目睽睽之下实施杀人。车祸应该不会只是巧合。

凶手就在这家公司内,而且是任欣蕾认识的人,这封邮件便是最好的证明。

环顾四周,忙碌的上司和同事,仿佛都戴着一张没有表情的面具。凶手会是他们中的哪一个呢?

不对,邮件上写的是"你们",凶手也许不止一个人。

虽然商问只是一名新人,依然能感觉到这家公司内正有一股暗流在涌动。

商问起身走到巨大的落地玻璃窗前,站在这里,楼下纵横交错的街道一览无余,可以看见便利店门前的斑马线,那里就是任欣蕾倒下的地方。所有的血迹都已经被清理干净,看不出一丁点儿车祸的痕迹。

站在那个位置,抬头会看到什么呢?

商问试图反向推导出任欣蕾的可视角度,她抬头看向的办公楼这一面，除了会议室和公共办公区域，独立的办公室只有周振宇的财务总监室。公共区域在下午六点下班时间都会准时闭灯，就算有同事在工位上加班，也只会开一盏对应区域的小灯。在夜晚的户外，灯火通明的办公室才是能被看得最清楚的。

周振宇时常在办公室加班到深夜，案发时间是晚上八点多，有很大概率周振宇还在办公室。

商问将手指插进头发，用力挠着头皮：任欣蕾到底看到了什么？

想到这里，商问不由得身上一阵发凉，想到了邮件的那句留言。他自诩也是个无神论者，但心中竟然萌生出一个念头：任欣蕾真的"死"了吗？

"你们没法杀掉我，我会报复的！"

商问摇摇头，将脑中这个念头驱散出去。邮件一定是有人冒充死去的任欣蕾发的。

一个人影挡住了商问工位上的阳光，商问抬头看见表情严峻的刘总。

"小商,给黄总打个电话,问问她人在哪儿?"

商问立刻拨打了黄娇娇的手机,铃声响了两下后就断线了。他觉得黄娇娇手头应该有事,看到来电的是自己,会等空闲下来回拨过来。担心打扰黄娇娇办事,商问就等了半个小时,可手机一丁点儿动静也没有。商问决定再打一次,可这次对方的电话直接关机了。

"黄总的电话打不通。"商问如实向刘总报告。

刘总双手支肘在办公桌上,十指相抵,低头沉思片刻,终于决定道:"这样吧,小商。今天你提早一个小时下班,替我去黄总家跑一趟,看看她什么状况,要是生病了或者有什么需要帮忙的事情,你向我汇报一下。"

从不迟到的黄娇娇,不但会议时间不出现,也没和任何人联系过,看来这让刘总十分担心。

商问掐准时间打卡下班,正要走出公司,碰巧撞见了袁丽景。

"小商,你这么早下班是去哪儿?"老大姐好奇地问。

商问如实说出刘总交代的事情,袁丽景低头思忖,自言自语道:"怎么让你去呢?"

"丽姐,你说什么?"

袁丽景换了副笑脸,摆手道:"哦,没事没事,别耽误了,你快去吧。"

说完,她扭头走向了刘总办公室。商问看她走路的背影,觉察出了一丝匆忙。

不过商问也没多想,他更不会想到的是,半小时之后自己会看见毕生难忘的画面。

黄娇娇不是本地人,在"读世文化"入职后,就在公司附近租了一套单身公寓,具体的门牌号刘总已经发到了商问的邮箱里。查了导航路线,距离公司不到两公里,路程不算远,商问决定步行前往。

所谓的单身公寓,是由一家老厂房改建而成的,红砖白缝的外墙面,还保留着原先厂房的工业感。单身公寓总共两层,呈一个长方体,东侧一头是用来上下楼的铁制楼梯,正好连接上下两条笔直的走廊,二楼半露天的走廊恰好是一楼走廊的天花板，楼梯延伸过来的铁制扶手正好成了露台的护栏，走廊另一边则是被分割成无数间的小型公寓的房门。从走廊尽头望去，商问仿若置身监狱中。

黄娇娇的家位于二楼靠近楼梯的第二家。这里的租户大多数都是上班族，工作日的白天几乎没有人出入，从踏入这所公寓，直到商问站在黄娇娇的家门口，他一个人也没碰到。

确认了门牌号，商问刚想按门铃，直觉让他停下了手上的动作。他发现黄娇娇门口的牛奶箱中，放着今天早晨配送来的鲜奶，还没有被取走。可是大门却是虚掩着，留了一条缝，并没有完全关上。如果是已经出门了，怎么会忘记将鲜奶拿进屋子冷藏呢？

商问轻轻拉开门，等宽度足够脑袋探入，便朝屋内呼唤着黄娇娇：

"黄总，您在家吗？"

说完，刚吸一口气，商问就立刻捂住鼻子退了出来。

他这才发现整间屋子里已经充满了煤气味，浓度高到只吸了一口就头晕眼花。商问胃里一阵翻腾，扶着走廊上的铁栏杆呕吐起来。

出事了！

一定是出事了！

一种不祥的预感闪现在脑海里。

商问后怕地想到，如果自己刚才按下老旧的门铃，电流很可能产生火花引爆煤气，整间屋子就成了一个大型的炸药包，后果不堪设想。

新鲜的空气让商问的头脑恢复了清醒，他拿出手帕，捂住自己的口鼻，再度进入了屋内。屋内拉着窗帘，光线很暗，商问摸索着慢慢向前走，右脚不小心踢到了什么，痛得他龇牙咧嘴。

黄娇娇的家是一间一居室的小公寓，进门玄关的右手边就是开放式的厨房，商问借着微弱的光线看见煤气灶旁被拔下的煤气管，正发出"咝咝"的冒气声。商问想用什么东西堵上，周围却没有称手的物件，于是他盲人摸象一般,顺着煤气管摸到了阀门,关闭煤气阀,总算切断了泄漏的煤气。

商问不敢开灯,生怕电路引燃还没散尽的煤气。他立刻来到窗边,将屋子里的窗帘拉开,刺眼的夕阳照射进来,瞬间让他有点睁不开眼,只能凭着手感将所有的窗户都打开,快速通风,好驱散屋里的煤气。

商问眯着眼睛,面前出现了一个模糊的人形轮廓,等到眼睛慢慢适应了光线,他才看清面前的身影正是黄娇娇。

发出这么大的动静,面前的黄娇娇却没有任何反应。

商问靠近过去,又叫了几声"黄总",依然得不到任何回答。商问推了推她的手臂,黄娇娇整个身子居然晃动起来。商问定睛一看,才发现黄娇娇的脖子上勒着一根尼龙绳,她面色苍白,眼球凸出,长长的舌头伸在嘴唇外,整个身体仅靠一根绳子悬吊着,手脚下垂在半空中。

——她在家自杀了。

商问伸出两根颤抖的手指，探了探黄娇娇的鼻息，而后猛然抽回手，额头上渗出细密的汗珠。

她已经死了。

和一具尸体共处一室，商问迫不及待想要逃离这间公寓，可他无意间瞥见床头柜上，堆放着一摞物品，有鸭舌帽、墨镜、口罩以及假发。这些物品并不是黄娇娇日常会使用的，也不是她职业女性范儿的穿搭，却放在家里最常用的位置。商问的大脑飞速地转动着，无数个问题冒了出来。

这些物品明显是用来伪装自己的，莫非黄娇娇就是撞死任欣蕾的司机？难道是畏罪自杀吗？不对，不对，如果是自杀，为什么大门是虚掩着的？是有人故意引我到这里来吗？

面前的尸体究竟是自杀还是被谋杀？强忍住恐惧的心理，商问查看进门时踢到的那件物品，是一把椅子。椅子倒在尸体脚边不远处，看起来是上吊时用来垫脚的。但这把椅子很快就让商问发现了破绽：椅子的高度加上黄娇娇的身高，正好可以够到上吊的绳圈，可是绳子所绑定的挂钩靠近天花板，黄娇娇站在椅子上也够不到绳结。

可以肯定，是有人伪装了黄娇娇的自杀，依照高度来判断，伪装现场的人应该是个男人。

黄娇娇的手机放在餐桌上，商问拿起手机，发现已经关机了。似乎是现代生活让人产生了对电子产品的依赖，商问鬼使神差地按下了开机键，打开了黄娇娇的手机。

屏上显示出二十个未接来电信息，这里面应该也有商问上午打的那通，看来并不是因为手机没电才导致关机的，而是有人为了不接听电话而将手机关机了。商问正思索着，一通电话打了进来，屏幕显示来电的人竟是财务总监周振宇。

他有什么事找黄娇娇呢？

铃声在空荡的房间里格外刺耳，商问就像捧着一枚正在振动的炸弹，不敢动弹。最终，对方放弃了，铃声转为了一条未接来电的提醒信息。

商问如释重负地放下黄娇娇的手机，发现桌子上还放着一把车钥匙，钥匙上的 logo 正是撞死任欣蕾的汽车的品牌。

如果黄娇娇是被人伪装成自杀的，显然这个人想要将撞死任欣蕾这件事也栽赃嫁祸到她头上。

商问退出屋子，倚着二楼走廊边的铁栏杆，平复慌乱不已的内心，掏出手机打算报警。

忽然，他看见楼底下出现一个熟悉的身影，正朝着上楼的楼梯走来。虽然这个男人戴着口罩，可通过面部轮廓和发型还是一下子就能认出来，正是刚才给黄娇娇手机打电话的周振宇。

能听见周振宇踏上楼梯的脚步声，商问连忙退向走廊另一端，在一个摆在门口的鞋柜后面蹲了下来，等待着即将出现的周振宇。

只见周振宇来到黄娇娇的家门口，他没有确认门牌，熟练地找到了黄娇娇家，站在门口左右环顾确认没有人看到自己。商问连忙缩回脑袋，生怕自己被周振宇发现。

等他再次从鞋柜后探出头，周振宇正要抬手按下门铃，但他似乎和商问一样，也察觉到了异样——公寓的门没关好，他警觉地推门而入。

由于角度的关系，商问看不到他进门后的动作，但能听见一声响亮的关门声。

趁这个机会，商问立刻蹑手蹑脚地跑下楼梯。当双脚踏上水泥地面后，他用尽全身力气，拼命向马路奔跑起来。

然而，内心的恐惧感越来越强烈。如同有一只无形的手，将商问在屋子里看见的一切，一一摆在他面前，希望他可以看得清清楚楚。而目的只有一个，就是让他成为最有力的证人。

不知道跑了多久，直到肺快要炸了，商问才停下步子，回头望向黄娇娇的公寓，已在几百米之外。他弯腰双手撑着膝盖，大口大口地喘着气，头上豆大的汗珠不断滴落在地。

商问心想：报警的事情就交给周振宇吧。

他自己还是用手机向刘总汇报了一下这边的情况。

一听见刘总接通电话，商问忙不迭地开口说道：

"喂？刘总！黄总这边出事了。"

刘总沉默了两秒钟，仿佛没准备好接这个电话似的，磕磕巴巴地说道："小……小商……你怎么样了？"

"我没事儿，是黄总出事了。"

"她……她怎么了呀？"

"她好像死了。"

"真的吗？"刘总表示惋惜地叹了口气，"最近大家的压力都很大，没想到她会走这条路。"

听到刘总这句话，商问浑身鸡皮疙瘩都冒出来了，他感觉到一滴冰冷的汗水从自己的腋下滑过，寒彻肋骨。

商问敷衍了几句，说明天到公司再详细汇报，就挂掉了电话。

他茫然无措地走在大街上，不断重复着刚才刘总说的那句话。

"会走这条路……会走这条路……"

在听到黄娇娇去世的消息后,这样的遣词更像是表达对她自杀的遗憾,可是从头到尾商问都没有提起过黄娇娇是自杀的,刘总又怎么会知道呢?

回想一整天的离奇经历,商问总觉得哪里不对劲。

晚上到家之后,商问就打开了电视机,等候着整点的夜间新闻,可直到所有的新闻都播报完毕,也没有看见黄娇娇公寓发生案件的消息。当时任欣蕾的车祸都有实时报道,相较之下,黄娇娇的死亡更具社会热点属性,不可能只字不提。

转了几个频道,又上网搜了一下,依然没有任何相关消息。商问不禁怀疑,进入黄娇娇公寓的周振宇,到底有没有报警?

他的怀疑并非毫无根据。首先,周振宇会亲自前往黄娇娇家就很匪夷所思,如果工作上有急事要对接,也应该会从同事那里得知刘总已经安排了商问上门查看。其次，周振宇对黄娇娇公寓的熟悉程度，就好像是回自己家一样，作为已婚男士的周振宇，怎么会如此熟悉独居的黄娇娇的家呢？

窗边的窗帘被吹得"啪啪"作响，外面刮起了大风，黑幕般的天际不时划过几道闪电，预示着一场大雨将至。

商问关好窗户，以免半夜雨水打湿窗台。玻璃窗上映出商问的脸——洋溢着青春的气息，在职场中一眼就能看出的稚嫩，清澈的眼神像一头小鹿，自然也会成为那些别有用心之人想要利用操纵的对象。

依然放不下黄娇娇的事情，商问心生一计，又给黄娇娇的手机拨了过去。不出所料，手机已经处于关机状态，商问依稀记得自己将黄娇娇的手机打开之后，并没有关掉，而手机剩余的电量也足够支撑到明天了，那就只有一种可能，有人关掉了她的手机。

是周振宇吗？那张冷峻严肃的脸，出现在商问的脑海中。

雨点敲击着玻璃的声音越来越密集，一场酝酿已久的暴雨倾泻而下。雨水与黑暗交织，天地之间那些阴暗、丑陋、肮脏的东西，正暗藏其中。

和昨天一样，距离上班迟到还有十分钟，商问排在了等电梯队伍的最后。看着长长的队伍起码还要等上两班电梯，他忽然想起芸姐说过，可以去地下一楼搭乘二号货梯上楼。

推开防火门，沿着安全通道拾阶而下，越往下走，灯光越昏暗，洁白的墙面也出现越来越多的污迹。货梯走廊错综复杂，七拐八绕，走廊地面和墙面铺着红白相间的保护层，被搬运的建筑材料蹭坏的不少部位，露出大大小小的窟窿。角落里的监控摄像头应该是在任欣蕾出车祸之后加装的。商问想到，如果自己的推测是正确的，那么撞了任欣蕾的肇事司机当时就是走的这条安全通道，进入了写字楼，说明这个人不单熟悉这栋楼，而且还对通往地下一楼的这条通道十分熟悉。

商问走在沙沙作响的保护层上,听见前面也有同样的声音,是何芸拿着一杯咖啡走在前头。

"芸姐,早上好!"商问三步并作两步赶了上去。

"小商,你也来坐货梯啦,快进来。"何芸笑眯眯地替商问挡住货梯打开的门,虽然她故作轻松,可商问听出了语调里的疲惫。

两人走进货梯,何芸按下 17 层的按钮,商问偷偷打量着站在自己侧前方的何芸,她不时抬手转动一下肩膀,似乎某块肌肉不太舒服。在光线并不明亮的地下一楼和货梯里,她不合时宜地戴着一副宽大的墨镜,几乎挡住了上半张脸,从墨镜侧面的空隙能看到她淡淡的黑眼圈。她身上依然穿着昨天那套酒红色职业套装,依照何芸的习惯,一套衣服绝不会连续两天穿来上班。

"芸姐,昨晚没有休息好吗?"

"嗯?你怎么知道?"

商问指了指她手里的咖啡:"看你一早就喝这么浓

的咖啡。"

"你观察还挺仔细的。"何芸抿了一口咖啡,终止了话题。

进入公司大门,商问第一时间前往刘总办公室,向他汇报昨天的事情。敲门得到应许后,商问进去看到刘总的办公桌前,还坐着周振宇。原本正在交谈的两人看到商问后,不约而同地沉默不语,刘总让商问拉了把椅子过来坐,没等他坐下就问起了黄娇娇的事情。

商问顾忌地看了眼周振宇,还是将昨天从进门到看见黄娇娇尸体的经过,一五一十地说了出来,只是略去了后面看见周振宇的那部分。

"你说黄娇娇在家里自杀了?"周振宇露出讥讽的笑容,"她昨天还给我打电话,说有急事要回一趟老家,走得匆忙,所以没来得及回公司报备。"

"难怪了,我说怎么联系不上她。"刘总说。

"刘总,我真的是亲眼看见的,当时确定她已经没有了呼吸。"商问觉得自己竟然要为这样的事情竭力争辩，实在有些不可思议。

"那你为什么当时不报警呢？"

周振宇提出了这个关键的问题，商问一时不知道该如何回答，他不想暴露自己看见周振宇走进黄娇娇家里。毕竟黄娇娇和任欣蕾都是非正常死亡，他不知道面对的是不是真凶，过早地亮出底牌，自己或许会有危险。

"刘总，我先给您打了电话，还以为您会报警，所以我就没有报警。"商问胡诌了一个理由，将责任都推到了刘总身上。

"你在开玩笑吗？你就那么一说，我怎么能为这种不知道真假的事情去报警呢？"刘总摊手说道。

"您要是不相信，我可以带您去黄总家里，您就知道我说的是真的了。"商问一边说，一边观察着周振宇的表情。

周振宇轻挑了一下眉毛，脸上毫无波澜，淡然地说道："小商，会不会是你看错了。任欣蕾的事情发生之后，我看你整个人的精神状态不是太好。"

"不可能！我亲眼看见的尸体，为什么还要向你们撒谎呢？"

周振宇笑而不语，只是和刘总颇有意味地对视了一眼。

"既然你们不相信我说的，那我现在就报警。"商问掏出手机说道。

"小商，我可要提醒你一句，报假警是要负法律责任的。"刘总严肃地说道。

周振宇却出人意料地支持商问报警："既然小商如此坚持，那就让警察来查个清楚，也好让小商彻底信服。"

于是，商问在电话中，将黄娇娇的地址以及发现尸体的情况汇报给了警方，并且遵从警方的指示，赶往现场配合调查询问。

昨夜暴雨冲刷过的路面还有未干的水洼，虽然雨早就停了，饱含水分的空气依然潮湿，湿漉漉的，令人十分不快。

为了尽快赶到现场,周振宇主动提出开车送商问过去。当商问抵达,从车上下来的时候,已经有两辆闪烁着警灯的警车停在黄娇娇的公寓楼下了。

"你就是报案人商问先生吗?"一名瘦高的警察向商问核实身份,用手持式鉴别仪确认商问和周振宇的身份证后,问道,"这位周先生也是一起发现尸体的吗?"

周振宇摆摆手:"为了赶时间,我开车送小商过来,我是第一次来这里。"

他在说谎!商问并没有在警察面前拆穿他,马上到了楼上进入房间,所有的一切都会大白于天下。

两名警察封锁了公寓的出入口和楼梯,商问和周振宇站在二楼走廊口,看着瘦高的警察和他的搭档按下黄娇娇房间的门铃。房门紧闭,无人应答。

两位警察训练有素,利落地戴上手套,仔细检查了一番大门发现并无异样后,请来了黄娇娇的房东打开房门。

房东是一位四十多岁的中年男人，衣着朴素，留着稀疏的长发，叼着半截烟，拧动备用钥匙打开了黄娇娇的房门。

随后房东也和商问站到了一起，搞不清楚状况的房东不明白自己的女房客到底犯了什么事，竟会有警察找上门来。

两位警察一前一后进入黄娇娇的屋子，大约两三分钟后，瘦高的警察先走了出来，他解下手套，走到商问面前说道："房间里没有人。"

"怎么可能？"商问完全不相信，他想要冲进那间屋子，却被瘦高的警察拦住了。

"你现在不能进去，我们还要对房间内进行技术勘查。"

警方的勘查人员穿着防护服，拎着工具箱，进入了黄娇娇的房间。他们有条不紊地展开了专业的勘查，在各个常用的部位采集了指纹，收集屋子内残留的毛发，并在地板和浴室内等地方进行了血液反应测试。

勘查工作进行了半个小时，黄娇娇的屋子里并没有发现任何可疑线索。等到勘查人员离开，商问立刻冲了进去，眼前的屋子已经和昨天完全不同了。那令人印象深刻的煤气味，已经变成了怡人的香味，窗帘整齐地垂在窗户两边，玻璃窗明亮干净，床上、床头柜上、桌子上的物件都摆放得整整齐齐，家具各归其位，就好像房间的主人是一个强迫症患者一样。商问抬头看向天花板，原本用来悬挂绳索的挂钩位置，现在是一片空白，完全不见了挂钩的踪影。

那个挂钩应该是以前用来悬挂吊扇的，预埋在天花板里面，不是一时半会儿可以取掉的。

商问转头看向周振宇，却发现周振宇也正看着自己，不苟言笑的他嘴角上扬，露出一个不易察觉的笑容。

这个邪魅的笑容，让商问后背一阵发凉。

他一定花费了很多时间，才将这里收拾成这样吧。

商问忽然想到对方可能留下的一个破绽，立刻来到厨房扫了一眼布满油污的煤气灶，随后在瘦高个儿的警察耳边轻声言语了几句。

瘦高个儿的警察重新叫来了勘查人员,对煤气灶旁的煤气管以及阀门提取了指纹,等检验结果出来会通知商问。

商问觉得煤气是被人重新打开的,打开它的人可能戴了手套,但自己关闭煤气阀时的指纹可能还残留在上面,这上面满是难以清理的顽固油污,自己的指纹有可能在处理时被疏忽了。

再看向周振宇的脸,一片阴云正笼罩在他的头上,"川"字纹皱得更明显了,表情分外阴沉。

临近中午,商问的公司邮箱里,收到了来自黄娇娇的邮件。

她在邮件中写道:

> 她回来了!是任欣蕾的幽灵回来了。

这封邮件如同一枚重磅炸弹，引爆了整个公司，同事们都在窃窃私语，就连和黄娇娇不对付的董总，都关心起她的安危来。

唯有商问看到这封邮件时，心情和所有人都不一样，任欣蕾真的回来了吗，还是她一直都没有离开？黄娇娇尸体的离奇消失，让商问对任欣蕾的车祸死亡也产生了动摇，或许她真的没有死呢？

一夜没有睡好的商问，打算给自己倒杯咖啡提提神，准备把耽误的工作赶紧补上。

趁着午休没人，商问去洗手间清洗了一下咖啡杯。经过楼梯通道的安全门时，他发现门缝中有烟味飘出，楼梯通道里没有监控和烟感探测器，所以犯了烟瘾的同事会跑来这里偷偷抽烟。

隔着门，商问似乎听见了一个男人在低声打着电话：

"你到底处理干净了没有？"

"电脑呢？"

"可为什么还有人给我发邮件？"

安全门十分厚重，隔音效果也好，男人的声音越来越轻，商问忍不住贴到了门上，手里的咖啡杯不小心撞到了安全门，发出了瓷器与金属的碰撞声。

男人的说话声戛然而止。

"该死！"商问咒骂了一句，连忙朝公司内走去。回到工位，他在电脑上打开了一堆文档，装作在处理公务的繁忙样子，而眼角的余光留意着会是谁从安全门内走出来。

直到外出吃午餐的同事们成群结队地回到公司，也没有人从安全门里出来。商问留意着每一个人脸上的神情，找不出任何端倪，实在无法辨别门后的那个声音属于谁，似乎每一个男同事都有嫌疑，又似乎所有男同事都是无辜的。

那个男人一定是通过楼梯走到了其他楼层，然后乘坐电梯混入其他同事的行列。他在电话里提到了邮件，想必指的就是今天黄娇娇的那封。这个男人是在电话里和同伙密谋，"处理干净"指的应该就是黄娇娇的尸体吧。

或许是自己某个不经意间的行为打乱了他们的计划，产生了一连串的后续反应。可是想到任欣蕾不明不白地死去，商问心有不甘，如果在进入黄娇娇家时没有留神，或许自己已经沦为了替死鬼或替罪羔羊。回想起自己所遭遇的危险，商问不知不觉间鼓起勇气，想要揪出整件事的幕后黑手。

现在对方在暗处，自己也在暗处，可商问现在手里掌握了一条关键线索——对方是公司里某个抽烟的男人。

作者简介

　　王稼骏，80后推理作家，上海作家协会会员。推理小说"左庶探案系列""人系列"等散见于《推理》《最推理》《推理志》《悬疑世界》等国内知名推理、悬疑刊物。

　　曾凭借长篇推理小说《魔术杀人事件簿》(原名《魔幻人生》)《我的名字叫黑》(原名《篡改》)《温柔在窗边绽放》(原名《热望的人》)《阿尔法的迷宫》《再见，安息岛》《躯壳》《女神》连续七届入围岛田庄司推理小说奖复选。

　　短篇推理小说《谋杀攻略》曾获第四届全国侦探推理小说大赛"最佳构思奖"，短篇推理小说《亚斯伯格的双鱼》《愿望列车》曾入围第十六和第十九届台湾推理作家协会征文奖决选。

　　另已出版《死神的右手》《她的秘密》《黑暗中的4虐者》《推理作家的信条》等推理小说。

第三章
我们必须面对的可能性

陆秋槎

审核完合作方的文案，商问看了一眼电脑右下角的时间栏：19点42分。

以往这个时间，公司里还很热闹。有那么几个单身的年轻员工，不论是否有工作尚未完成，都喜欢在公司加班到九点半以后，因为从那时起，打车回家的费用可以由公司报销。可是今天还不到八点，大办公区就已经空荡荡的了。商问环视四周，竟连一个人影也没见到。

这也难怪。刚刚离职的员工在公司楼下死于车祸，市场部的销售主管下落不明，索命邮件的话题也早就在各个部门间传开了。一时间人心惶惶，谁也不愿在公司里留到太晚。

商问决定趁着这难得的清静，重新梳理一下这两天得到的种种信息，想看看能不能得出什么像样的结论来。

毫无疑问，商问能想到的最可疑的人就是周振宇。他紧随自己之后进入了黄娇娇的死亡现场，却并未报警，后来还在刘总面前扯谎说黄娇娇回老家去了。当警方在黄娇娇的房间调查无果，周振宇脸上难掩得意之情，就仿佛被打扫干净的现场是他的杰作。

可是，若就此推断他就是凶手也未免太草率了。

且不论他把现场布置一番之后又清理干净，是不是太多此一举了。假设是他杀害了黄娇娇，事后又因为某种原因不得不回到案发现场，那就有一件事情无法得到解释——他为什么要拨打黄娇娇的手机？他若是凶手，自然应该知道黄娇娇已经死了，不可能接那通电话。

另一个让商问感到难以理解的地方，是公寓里开着的煤气阀门。凶手既然已经将尸体布置成上吊自杀的样子，又何必多此一举打开煤气呢？这背后或许另有什么目的。

想到这里，商问不禁后怕起来。他在网上看到过一篇因门铃的电流引爆煤气的报道，文章里还附上了图片，事故现场的惨状至今仍烙印在他的脑海里。这时他忽然想到，说不定，那满屋子的煤气，就是凶手为第一个进入现场的人准备的"大礼"——对方只要一个不小心，就会给黄娇娇陪葬。

假如凶手的目标是自己，刘总派自己去黄娇娇的住处，十有八九也是计划的一部分。这个猜测让商问脊背一凉。

不过，他转念一想，凶手的目标也很有可能是周振宇。如果是这样的话，自己这个意外闯入的搅局者，说不定无意中救了周振宇一命。

根据已有的线索，怕是只能推理到这一步了。

感觉到危险的商问，也准备立刻离开公司。然而，在经过袁丽景的工位时，他却不由自主地停下了脚步。

袁丽景的工位称不上整洁，至少不太符合商问对她这个年纪的女性的刻板印象。打印出来的文件堆放在键盘旁边，遮住了显示屏的一角，随时都有可能倒下来。在这由纸张搭成的"危房"顶端，放着一本倒扣着的书。

商问有些好奇袁丽景平日里会读什么书,就伸手把它拿了起来。只见封面上印着个简陋而抽象的天平,左端是高高堆起的口红、粉饼等化妆品,右端则是一根戴着戒指的断指。明明左边看起来更重,天平却向右倾斜着。在天平的正上方,还画着一只布满血丝的眼睛。

封面的左上方用红色的黑体字印着标题:**销售女王的赎罪**。又在旁边用一行黑字注出,这是"谋杀上司"系列的第二作。

作者一栏写的是霍绮雯。

对于推理小说,商问一直提不起什么兴趣,只是受大学时的女友影响,跟风看过几本最流行的,像是什么东野圭吾,以及几个号称是"中国的东野圭吾"的作家,其中也包括霍绮雯的作品。没记错的话,她也是那份名单上唯一的女性作家。

出于文化公司员工的职业习惯,商问先翻到了版权页,发现这是本再版的老书。尽管是在今年年初才刚刚再版的,自己拿在手上的这本已经是第十七次印刷了。

这个销量，倒是对得起"中国的东野圭吾"的称号。

商问还依稀记得自己读过的那本霍绮雯的小说，虽然不是这个系列的，但也是职场题材，故事发生在一家即将被并购的新能源企业。作者花了一百多页的篇幅来介绍公司里的各个部门，不断切换视角，呈现错综复杂的人际关系。走完这一整套流程，杀人案才姗姗来迟。其间形形色色的登场人物少说也有六七十个，好在全都是中国人（虽然有些用的是英文名），至少不会像俄国或拉美小说的人名那样难记，但还是消耗了商问大量的脑细胞。他很清楚自己不是这类小说的受众，大学时不是，如今就更不会是了。

毕竟，书里花费大量笔墨去铺陈的人际关系与钩心斗角，对于本就是打工人的商问来说，不过是再平凡不过的日常罢了。只是过这样的生活就已经够烦人的了，工作之余读本小说，自然想看到些不一样的东西。不过，他也相信一定会有那种读者，看这样的书是为了从中学到什么职场的生存之道，或是想借书里的情节来宣泄对现实的不满。但很遗憾，他并不是这样的读者。

这样想着，他随手翻了几页《销售女王的赎罪》，只见里面连篇累牍地介绍着外贸公司的业务细节，还时不时地蹦出种种商业术语，不免感到一阵扫兴。他不禁暗想，与其读这种东西，还不如复习一遍《外贸理论与实践》的教材呢。虽然他在考完试之后，就把教材挂到校内论坛上卖掉了。

本打算就这样把书合上，商问却忽然翻到一页，里面夹着一张对折过的黄色便笺纸，上面用淡蓝色的墨水写了一行字：晚十点，杜松茉莉。

那是非常潦草的字迹，应该是用钢笔写下的。七个字写下来，笔尖几乎没有离开纸。公司里很少有人使用钢笔——这年头还经常用笔写字的人应该也不多了吧。刘总桌上倒是有几支别人送给他的高级钢笔，但这显然不是他的字迹。

所谓的"杜松茉莉"，是公司附近的一家酒吧。店主是个四十岁出头的马来西亚人，操着一口不怎么标准的普通话，也总爱发明些热带风情的特调。像是用朗姆酒、马德拉酒、噶玛兰威士忌以及杧果汁调制而成的"晒焦的一双耳朵"，任欣蕾生前就很喜欢。

她死于非命之后，商问已经没有勇气再次踏进那家酒吧了。

他随手将夹着便笺纸的书装进了公文包里，却并不知道自己为什么要这么做，只觉得像是受到了某种力量的驱使。

最近几日他时常有这种感觉，仿佛身体有时不受自己的控制。

乌云压在城市上空，随时都有可能下雨。商问漫无目的地走过寒风凛冽的街道，不知不觉间来到了黄娇娇的住处附近。

这座煞风景的单身公寓背后，能远远望见一幢幢灯火通明的高层建筑。那里是城市的中心，而这里只能算是中心边缘的阴影处。照理说，以黄娇娇的收入，应该能租得起更好的房子。莫非她还有什么其他地方需要用钱……

商问本打算在楼下看一眼就离开,却隐隐听到了争执声从二楼传来。

——我不能放你进去。

——我是她妹妹。

——是她妹妹也不行。要是随便哪个亲戚来了我都得开门,丢了什么东西我可担不起责任。

他依稀能辨认出其中一个声音是房东的。跟房东说话的是个年轻女孩,应该是个不认识的人,那声音却让他莫名地感到熟悉。

带着好奇心,商问登上楼梯,来到了半露天的二楼走廊。

只见房东站在黄娇娇的公寓门口,后背几乎要抵在紧闭着的防盗门上了。在他对面站着一个女孩,看上去不过十六七岁的模样。她一脸焦急,眉头紧皱,眼里泛着泪光,在走廊忽明忽暗的灯光的映照下,显得尤其可怜。

女孩穿了件黑色的吊带裙，内衬一件灰蓝色的衬衣，外面披了一件略显单薄的浅卡其色风衣。这副打扮若放在一个都市白领身上倒是很得体，穿在她这个年纪的女孩身上，就给人一种"小孩子硬要扮成熟"的感觉了。或许这本就不是她的衣服，只是尺码合适，她碰巧穿得进去而已。

可能是听到了脚步声，房东朝商问这边看了一眼。面对女孩时，他原本就板着一张脸，如今神情里又多了几分警觉。

"你又来做什么，还嫌洋相出得不够大？"

"碰巧路过而已。"商问有些尴尬地解释道。老实说，他并不知道自己为什么要来这里。他转向旁边的女孩："你是黄娇娇的妹妹吗？"

"您是哪位？"

"我是她同事。"

这时，一旁的房东插嘴了："你姐姐的这位同事啊，非说亲眼看见了你姐姐的尸体,还叫来了警察。结果我替他们把门打开一看,根本就连个人影都没有。警察又拿着各种设备一通折腾,又是拍照,又是采集指纹,也什么都没查出来。照我说啊,就是那帮警察看他长得还算老实,又有正经工作,否则肯定当场就给他铐走、拘留个十五天……"

房东喋喋不休的时候,女孩一直在上下打量着商问,有那么一瞬间,她露出了难以置信的表情,就仿佛她面前的不是个西服革履的活人,而是个两脚悬空的幽灵。但很快,她就看起来欲言又止,脸上写满了犹豫,最后像是终于下定了决心,用略微颤抖的声音问道:

"姐姐她……真的发生了那种事?"

商问一时不知该怎么向她解释,语塞在原地。结果房东替他回答说:"他啊,说是看见你姐姐在公寓里上吊自杀了,还开了煤气。"

"那是什么时候的事情?"

"昨天下午。"这次倒是商问自己回答的。

"我从昨天一早就联系不上姐姐了，她的手机一直打不通。"

"你们要聊天，能不能换个地方，别吵到我这里的住户。"

"好，"商问也不想再跟房东纠缠下去了，就向女孩提议说，"我们找个能坐下来的地方慢慢谈吧。"

女孩同意了，她不再理会房东，头也不回地朝着楼梯口走去。商问到底是已经进入社会的人，更礼貌些，跟房东说了句不冷不热的"打扰您了"，然后就快步追上了女孩，只留下房东在两人背后骂骂咧咧个不停。

到了公寓楼外，女孩像是对这附近不太熟悉，渐渐放慢了脚步，跟在商问后面，始终和他保持着半米的距离。

两人来到附近的商业区。

"你吃过晚饭了吗？"

"还没有。"女孩说得有气无力，像是连午饭也没有吃。

"我也还没有,我们先吃点儿东西吧。我请客。"虽然之后要谈的话题并不适合边吃边讲,但毕竟也到了这个时间,不请对方吃顿饭实在有些说不过去。

他领着女孩来到一块电子广告牌前,上面显示着这片商业区所有餐厅的信息。然而女孩的心思本就不在这里,商问连着问了几次"想吃点儿什么",她都只是随口敷衍说"什么都可以"。

保险起见,商问选了一家自己和同事经常光顾的意大利式餐厅。

商问并不清楚该如何跟这个年纪的女孩相处,说起话来格外小心。他先向对方介绍了自己,不料女孩却单刀直入地问了一句:

"你和我姐姐是什么关系?"

"普通的同事关系。我是总经办的人,黄总是市场部的销售主管,虽然她并不是我的直属领导,业务上的往来还是有一些的。"

"如果只是普通的同事关系,你为什么会到姐姐的公寓去呢?"

"是刘总叫我去的。黄总没来上班,又联系不上,他就叫我去她家里看看情况。"见女孩听得一脸疑惑,商问又补充道,"刘总算是我的顶头上司了,他的话我得听。"

"然后你就看到了……"

"是啊。"

就这样,商问开始向女孩详细叙述自己昨天的见闻,包括确认门牌号之后发现牛奶箱的异样、拉开门把头探进屋里嗅到了煤气的味道、发现尸体的过程、堆放在旁边的可疑物品、自己关于绳结高度的推理、打开死者的手机之后有电话打进来,以及周振宇如何来到现场、自己又是如何离开的。当然,他没有仔细描述那具尸体。

听他说完,女孩表现得很冷淡,只回应了一句"这样啊",然后就没再吱声,一时间气氛冷到了冰点。幸好这个时候服务员送来了他们点的菜品,才稍稍打破了尴尬。

女孩毫不客气地拿起餐勺，舀起一勺奶油焗饭，等饭稍稍冷却之后就送进了嘴里，咀嚼了一番又喝了口清水，才再次开口道：

"抱歉，我没法相信你说的话。"

"我知道这很难接受，但我真的没骗你。当然，我也不强求你相信我这个陌生人。如果换成是别人跟我说，我的至亲遭遇了不幸，却又拿不出任何证据，我也不会轻信的。"

"不，我在意的不是证据，而是你的行为。"她的口吻依然十足冷淡，甚至夹杂着一分轻蔑，"我虽然只是个高中生，但也不是一点常识都不具备——我不相信一个社会人会比我更没常识。"

"我做了什么奇怪的事情吗？"商问一时有些摸不着头脑。

"很多。比如说，即便你在门口觉察到了异样，也不应该直接就打开门走进独居女性的住处吧？即便门虚掩着，通常也该先敲门或先喊一嗓子才对，不是吗？"

如此说来，自己当时的举措确实欠妥。被一个小姑娘如此指摘，商问不免羞赧得冷汗直流。

"我当时可能没想那么多。"

"是吗？你围绕牛奶瓶的推理分明就想了很多嘛。"她又喝了口水，"还有，你说自己'鬼使神差'地打开了姐姐的手机，这也太奇怪了吧？你明明知道门铃的电流有可能引爆煤气，那为什么敢在煤气未必全都散去了的房间里使用手机呢？这也相当危险，不是吗？"

"的确。"

"即便不考虑煤气，在那种情况下打开姐姐的手机，也会给你造成相当大的麻烦才对。你把手机放回去之前，擦掉自己的指纹了吗？"

"没有。"

"就不怕被警方怀疑？"

听到这里，商问又后怕起来。倘若现场没有被人清理，警方又认定黄娇娇的死不是自杀——自己关于绳结高度的推理，警方八成也能想到——只怕在现场留下指纹的自己会成为最先被怀疑的对象。

"你之后又自作聪明给姐姐的手机拨了一通电话。如果警方立案的话，也会因为这个把你列入调查名单吧。"

"确实。"

"当然，让我觉得最说不通的地方还是你没有报警这件事。明明按照你的描述，之后来到公寓的那个姓周的嫌疑很大。即便他不是凶手，怕是也跟案件脱不了干系，你却一心想着'报警的事情就交给周振宇吧'。我没法理解这种想法。"

"说实话，我也没法理解。"

"总之，你的话漏洞实在太多了，我没法相信你。"

"但我真的没骗你。"

女孩不再理会他，只是自顾自地吃着盘中的焗饭。商问也不想再自讨没趣，也默默地吃起了自己的那份肉酱通心粉。

经过了十分钟的沉默，女孩把餐勺放进空盘子里，再次把目光投向商问。

"我倒是想到了一种可能性，能解释你的话里所有的矛盾。"她一边用餐巾纸擦嘴，一边说道。

"什么可能性？"

"如果我们所在的并不是真实世界，你的种种做法就能得到一个合理的解释了。"

"不是真实世界？"

"你平时玩游戏吗？"女孩忽然宕开一笔地问道。

"读大学时沉迷过一段时间，工作之后玩得比较少了。"

"玩过那种文字类的游戏吧？"

"算是玩过一些。"

商问回想着他大学时玩过的文字类游戏，险些随口说出几个标题来。不过话到嘴边他还是忍住了，毕竟那些游戏全都带不适合未成年人的内容。

"假如我们生活在文字类游戏的世界里，有个玩家会时不时地操纵你的行为，那么你的所有'阴差阳错'就都能得到解释了。"女孩将两肘支在桌面，右手轻轻搭在左手的手背上，托住下巴，继续说道，"平时，你能控制自己的言行，有独立的自由意志，但在一些关键的选项处，你背后的'玩家'就会替你做出选择。有没有这种可能性呢？"

商问回想着自己这几天的遭遇，竟觉得这破天荒的假设并非毫无道理。自己的有些行动，倒真像是个玩家在点击选项、操控游戏角色而做出的。

他也玩过几款主打推理探案的文字类游戏，里面都出现了调查现场的界面。作为一个并非推理迷的普通玩家，商问很不擅长玩这一部分，总是没法第一时间发现关键线索，只好将界面里可以调查的地方都点选一遍。回想起来，自己这几日不是也正遵循着这样的行为逻辑吗？

这至少能解释，为什么自己会在黄娇娇的房间里打开她的手机。明明从现实的角度看，这样做百害而无一利,但如果背后有个操纵自己的玩家,商问所在的现实也不过是游戏罢了,可以随随便便地试错,反正只是点击一下鼠标,大不了还可以读档重来……

"总之,要让我相信你的话,就得先让我怀疑整个世界的真实性。"

"那你还是不要相信我为好。"

"我倒是有个办法,能验证这个世界是不是真的哪里不太对劲。"说到这里,她显然犹豫了,深吸了一口气后才继续说下去,"只要你回答一个问题就好。"

"什么问题?"

"你住的地方,墙上是不是挂了一幅静物画,画面中心是个从中间剖开的苹果,旁边还放着一把银色的刀?"

商问已经有七八年没碰过画笔了。

他从小学三年级开始学画画。起初,父母只是想让他有个一技之长,作为小升初的跳板。后来他也的确以特长生的身份进入了一所区重点中学。初中时课业还不算很忙，他就继续画了下去，还拿到了几个区级的奖项。

升入高中后，周围的同学不论有什么特长或喜好，都只能暂时割爱来给学业让路。仍继续磨炼画技的商问成了班上的异类。他就读的高中是走读制的，管理还算宽松，但课业相当繁重，往往写完作业就已经是深夜时分了。即便如此，商问还是想尽办法挤出时间来画画。

在家长面前，他也编了个很唬人的借口：以后若是要学建筑或设计类的专业，美术特长就可以派上用场了。但他真正的目标是报考美术学院。

这样的状况一直持续到高二升高三的暑假。站在人生的十字路口，商问不免犹豫起来：自己真的是这块料吗？家里会支持他的梦想吗？即便支持，又是否能供得起学习美术的费用？——这些问题将他压得喘不过气来，让他既无法专心备考，也无法专心练画。

最终，商问想到了一个能帮自己做出决断的办法。不知是不是受到了《侧耳倾听》的女主角的启发，他决定在暑假里倾尽全力，画一幅自己最满意的画，拿去参赛，如果能拿到市级一等奖，就努力说服父母同意自己报考美术学院，若不能就彻底断了这个念想。

然而，即便下定了决心，事情也并不像他想象的那么顺利。

商问擅长静物画，但这也是很难出彩的一个门类。

他告诉父母，自己在图书馆学习比较有效率，可是真的到了那边却只顾着翻看各种画册，揣摩静物画大师们的光影和构图设计。埃瓦里斯托·巴斯赫尼斯、菲德·加里奇亚、弗朗斯·斯奈德斯、丹尼尔·希格斯、亚历山大·阿德里安森、威廉·克莱兹·赫达、彼得·克莱兹、威廉·卡尔夫、路易斯·埃希迪奥·梅伦德斯、让·巴蒂斯特·西梅翁·夏尔丹的作品都给了他很大的启发。当时的商问最欣赏的要数塞尚和雷东的静物画，无奈他们的个人风格太过强烈，很难模仿。

从图书馆回家的路上，他会顺便去超市买一些水果，回家之后摆出各种造型。经过几番尝试，他发现苹果被切开后，因酚类化合物氧化生成醌类化合物而产生的褐色最适合被放在画面中央。确定了静物画的主角之后，他就像个不得不硬凑字数来应付差事的小说家，尝试用各种水果填充画面，最终敲定了荔枝、山竹、杧果和文旦柚的组合。

但即便如此，他还是觉得画面中少了什么东西。茶饭不思地想了几天之后，商问忽然意识到了问题出在哪里：画面中需要什么能反射光源的东西，来让光影更具层次感。

有了思路，他又开始了新的尝试。镜子、手机、CD光盘、装满清水的杯子、不锈钢餐叉……这些日常生活中随处可见的东西并不能满足他的要求。于是有一天，他照常出门后没有去图书馆，而是骑车去了老城区。那边有不少工艺品商店，他希望能在那里找到合适的道具。

然而，当他终于在傍晚时分找到自己渴望的"最后一块拼图"时，却只能对着价格标签望洋兴叹。那是一把纯铜镀银的餐刀，价格却和银器相差无几，远不是他一个穷学生能买得起的。

第二天，他又去逛了几家店，却始终心不在焉，仍然惦记着那把餐刀。

——如果把它放在切开的苹果旁边，一定能画出一幅杰作。

他最终得到了那把餐刀，用的却是最不光彩的方式。在确认了那家工艺品商店内没有监控摄像头之后，他趁着其他客人和店主讨价还价的当口儿，将它偷偷装进了自己的裤子口袋。那把刀不算短，口袋并不能完全装得下，刀柄还有一半露在外面。他只好拼命把上衣的衣摆往下拽，总算是将那闪着银光的刀柄完全遮盖住了。

回到家里，他飞速地摆放好水果，又把偷来的餐刀放在了最合适的位置。他心里想着，自己一定能画出一幅杰作。

最终完成的作品也的确令商问很满意，镀银餐刀折射出的光线堪称点睛之笔。然而，当他想要将那幅画拿去参赛之际，一种强烈的不安却攫住了他——这幅画如果获了奖，说不定会被店主看到，自己偷窃的事也会暴露，到时候别说报考美术学院了，不被高中开除就已是万幸。

自那以后，商问就再没有画过画。高考填志愿的时候，他选了一所综合类大学的工商管理专业。

入职"读世文化"之后，商问从家里搬了出来，在公司附近租了套小得可怜的一室一厅。他把那幅画挂在了客厅里，或许是为了纪念什么，也有可能只是想提醒自己不要再犯同样的错误。

他不明白，眼前这个初次谋面，甚至连名字都不知道的女孩，为什么会知道自己在家里挂了什么画。他搬到那边之后没有请任何人去过，也不曾在社交网站上传过照片。

商问死死地盯着女孩的双眼，仿佛那里有他想要的答案。

"看来我说中了。"

商问点了点头:"你是怎么知道的?"

"我也不清楚自己为什么会知道。"她攥紧双手,直到手指失去血色才松开,"就在昨天联系不上姐姐后,我在体育课上被排球砸中了脑袋。有那么几分钟,觉得意识有点恍惚,忽然就回想起了一些自己没有经历过的事情。"

"没经历过的事情要怎么'回想起'?"

"很奇怪,对吧?我一开始也没当回事儿,只觉得是做了个过于真实的梦。可是今天我还是联系不上姐姐。一想到'梦'里的内容,我就觉得特别烦躁,所以装病从学校早退了,坐长途车来这边找姐姐。"

"你都'回想起'了什么?"

"姐姐死了。我去认领尸体。警方说死因还在调查,但姐姐的脖子上分明就有一道很深的勒痕。我在警局还遇到了你。"

"我?"

"是你发现尸体之后报了警——至少'回忆'里是这样。不过警方通过死亡时间排除了你的嫌疑。我哭得很伤心，几乎要晕过去了。你好心请我吃饭，我什么都吃不下。后来你还把我带到了你的住处，我就是在那里见到了那幅画。"

"你是说，在你的'回忆'里我报了警？"

"反正除了你请我吃饭之外，其他所有事情都跟现在不一样。对了，在'回忆'里你也把我带到了这家餐厅。"

"我还把你带回家去了？"

"带回家过夜。当然，只是让我睡沙发而已。"

"那也不像是我会做出的事情。把一个刚刚认识的未成年女孩带回家过夜，这未免太没常识了。"

"如果是'平时'的你，会怎么做呢？面对一个刚刚失去亲人的女孩……"

"应该会找个女性朋友来帮忙吧。"

"所以说，你还是有常识的嘛。只是偶尔会做出一些'鬼使神差'的事情来。"她说,"如果这确实是个游戏里的世界,我的这些'回忆'也就能得到解释了,虽然有点牵强。说不定,我'回想'起的这些事情,全都发生在另一条时间线上——或者说是游戏的另一种分支剧情——只是系统出了些 bug,才让处于这条时间线上的我知道了。"

"就像平行世界一样?"

"一个你发现了姐姐的尸体之后选择报警的世界。"

"如果真是这样,那现在也有个'玩家'在听着我们的对话吧。他一定觉得很莫名其妙。"

"玩家怕是已经放弃我们这个世界了。毕竟你没有报警,还在周振宇面前暴露了自己,应该不可能打出真结局了。"

"不,我不觉得玩家已经放弃了。"不知不觉间,商问已经渐渐接受了女孩提出的假说,"就在遇到你之前,我又做了件'鬼使神差'的事情。"

说着,他从包里取出了那本《销售女王的赎罪》,

放在桌上。女孩拿起书，看了一会儿封面，又看了看封底，最终看向商问。

"这是你从书店里偷出来的吗？"

"怎么会？是我从同事的桌上顺走的。"

"原来如此，你拿走书的时候也感觉到身体不受控制了？"

"我什么都没感觉到，回过神来就已经把书装进包里了。"

这时，女孩注意到了夹在书里的便笺纸。

"杜松茉莉……"她努力辨认着潦草的字迹，"这是个酒吧的名字吧？我有点儿印象。"

"在另一条时间线里？"

"对，在另一条时间线里，你把我安顿好之后，就去这家酒吧赴约了。"

"你还记得我是去见什么人吗？"

"我不知道你去见了谁。"她像是想起了什么不快的经历，微微低下头去，嘴角也不住地抽搐着，"我没能等到你回来。"

"出了什么事?"

"你走了之后,我心里很乱,特别想抽烟。我知道未成年人不应该抽烟,成年人也不应该。"说到这里,她抬起头来,像是终于战胜了内心的恐惧,"那天下午离开家的时候走得太急,只带了打火机。正巧你那晚出门的时候换了一件外套,我就想着或许能在你的外套里找到一包烟,结果随手一翻还真的被我找到了。那是一包 10 毫克的大卫杜夫,对我来说有点重了,但也没有别的选择。里面还剩下半盒,我想着只抽一根应该不会被发现,就去阳台点了一根。可才刚刚吸了一口,就觉得呼吸困难,心脏开始狂跳,周围的一切都开始旋转,越转越快……我的记忆也就断在了这个地方。"

"难道香烟被人下了毒?"

"我猜是的。可能是有什么人想要谋害你。"

"不会有人用这种方式谋害我的。"商问说得十分肯定,"因为我根本就不吸烟。"

女孩把便笺纸放回书里，准备把书递给商问，却又像是想起了什么，将刚刚抬起的手放了下去。

"说起来，这个'谋杀上司'系列，我好像从学校图书馆里借过一本，不过没看下去。"

"不是这本吗？"

"应该不是，可能是前面那本吧。"说着，她翻到后勒口，看了看上面的系列介绍，"没错，就是系列的第一本，《职场女孩的受难》。"

商问忽然觉得，"职场女孩"和"销售女王"，用来形容任欣蕾和黄娇娇倒是挺贴切的。想到这里，他随口问了一句：

"这个系列第三本的书名是什么？"

"第三本吗？我看看啊……《财务总监的牺牲》。"

作者简介

陆秋槎,推理作家、评论家,复旦大学古籍所古典文献学专业硕士毕业,在校期间为复旦大学推理协会成员。现旅居日本金泽,为日本本格推理作家俱乐部、日本科幻作家俱乐部成员。第二届华文推理大奖赛"最佳新人奖"得主。

已出版推理小说《元年春之祭》《当且仅当雪是白的》《樱草忌》《文学少女对数学少女》《悲悼》。作品目前已被翻译成日文、韩文、越南文,日译本多次入围日本年末四大推理榜单。

在日本著作出版有长篇奇幻小说《盟约的少女骑士》(星海社)、短篇科幻小说集《根斯巴克变换》(早川书房)。

第四章
谁在书写这一切

时晨

女孩的名字叫黄妙妙,这是到商问家后,她自己主动说的。

——把一个刚刚认识的未成年女孩带回家过夜,这未免太没常识了。

这句话才说了不到一个小时,商问就把她带回了家。

说实话,这一切来得太快了,他连思考的时间都没有。从任欣蕾车祸之后,奇怪的事情接二连三,今天遇到黄妙妙,包括她口中的"回忆",已让事件发展到匪夷所思的地步。不过,现在他没有太多时间去追究细节,他要尽快开展下一步的行动。

尽管他和黄娇娇的交集并不多,且这个叫黄妙妙的女孩的言行都十分可疑,但在这座城市里,她身无分文,无处可去,总不见得把她丢回她姐姐的住处——那个"命案现场"吧?

"我家地方也不大,你不嫌弃的话,就睡沙发吧。"

商问环顾客厅,想了半天也没想出第二个能让她休息的地方。

这栋房子面积也就四十平方米左右,一室一厅的格局。相比客厅,卧室更加杂乱,自己好久没洗的衣物都堆在床边,包括许多私人物品,所以他还特意嘱咐黄妙妙,千万别擅自进卧室。

"放心,我不会偷你东西的。"黄妙妙顺势往沙发上一躺。

"我不是这个意思。总之,你尽快联系你父母,给你买张回老家的车票,我这儿只能暂时让你对付一晚,可不能久住,不然……"

"不然怎样?"黄妙妙好奇地问。

"不然就很麻烦!"商问抬起头看了一眼墙上的挂钟,九点十五分。

"找不到我姐姐,我就不回去了。"

商问把她这句话当成玩笑,并不在意。"我要去一趟'杜松茉莉'酒吧。"

黄妙妙从沙发上起身,对他说:"我和你一起去。"

"你不能去。"商问指着沙发对她说,"现在所有行动听我指挥,否则的话我就不让你住这里了。不过你放心,如果有你姐姐的消息,我会第一时间通知你。"

"可是……"

"就这么决定了!"商问不给黄妙妙反驳的时间,迅速披上外套,临走时他还不忘嘱咐一句,"可别趁我不在的时候偷偷抽烟。"说完,便关上了门。

屋外的凉风让商问的头脑清醒不少,他先在路边叫了一辆网约车,然后开始整理思路。

首先,黄妙妙口中所谓的"回忆"他压根儿不信。这女孩神神叨叨,目的究竟是什么,只是单纯想要找到黄娇娇吗?她和黄娇娇被杀案有没有关联?她为什么要编出这样离谱的谎言?而她又是用了什么方式,得知了商问的私人信息——包括那幅画!这些都萦绕在商问心头。不过真的想要查清楚这些事,也并非完全不可能。

况且，她还有些地方猜错了，比如商问不抽烟。

眼下最紧要的，是去酒吧看看是谁约了袁丽景。当然，他并没有把握袁丽景这次跟人会面，会和任欣蕾与黄娇娇的事情有什么关联。

九点四十五分的时候，网约车到达"杜松茉莉"酒吧，商问将准备好的棒球帽和口罩戴上，悄悄进入酒吧，在昏暗的环境中特意选了角落的座位。他要了一杯黑咖啡，服务生又确认了一次，他恐怕不明白眼前这个年轻人为什么要和睡眠作对。商问的目的很简单，他需要更专注于眼前的事。

九点五十五分的时候，他看见周振宇走进酒吧，坐在了靠窗的位置。

周振宇？是他约了袁丽景？

服务生给周振宇端上一杯清水，然后两人低语了几句。过不多时，服务生给他拿来了只剩半瓶的威士忌和一个放冰块的玻璃八角杯。这酒看来是周振宇存在这里的。

周振宇将威士忌倒入八角杯，却没有喝，目光一直望向店门口，很明显在等人。他双眉紧锁，这让眉宇间的"川"字纹更深刻了。

商问蜷缩起身姿，同时压低帽檐。

十点十分……十点二十分……十点三十分……

袁丽景还是没有来。

酒吧里人来人往，却没有一个人走近周振宇身边。

周振宇的表情也从一开始的期待，慢慢变成了焦虑。他紧绷着脸，右手握成了拳头，不停敲击着桌面。商问生怕他转头看见自己，于是拿起手机挡住自己的脸，从手与手机的缝隙中，暗暗窥视周振宇。

近十一点时，周振宇还是没能等到自己要等的人。

不过这时商问改主意了。

与其守株待兔，不如主动出击。他本不是一个勇敢的人，但任欣蕾的死对他的刺激实在太大了。而且，从发现黄娇娇尸体开始，他的人身安全就已经被打上了一个问号。

商问摘掉帽子和口罩，起身大步朝周振宇走去。

"周总，在等人啊。"

商问一屁股坐在周振宇边上，后者表现得很震惊，不像是装的。

"这么巧……小商，你也在啊……"

周振宇尽量让自己的语气显得平静。

"是啊，我约了朋友，结果被放鸽子了。"商问用手指了指自己刚才坐的位子，"然后就看见周总您了，过来打个招呼。"

"我也在等朋友。"周振宇说了这一句话，接着就闭上了嘴。

意思也很明白：我在等朋友，你没事的话，请离开。

"我很想知道为什么。"可商问却没有要离开的意思。

"什么为什么？"

"黄娇娇的尸体，你看见了，对吧？为什么要说谎呢？"

周振宇冷笑："小商,我看你最近是累了。我已经说过好几次,警察来了我也是这么说的,没有尸体,我没有见到黄娇娇,她确实失踪了,但是我真不知道她在哪儿。就三个字,不知道！你说我撒谎,你有证据没有？"

"证据？我亲眼看见你进屋的。"商问死咬不放。

周振宇深吸了一口气,整个人倒在了椅子的靠背上。

"我说小商啊,我挺喜欢你的,我们都挺喜欢你的。听得明白'我们'是什么意思吗？你也是个聪明人,很多事情,不是你能干涉的。"话到此处,周振宇故意压低声线,用仅商问能听得清的音量说道,"你不想和黄总一个下场吧？"

——他在威胁我！

商问整个人都僵住了。虽然这种情况他早就想到了,但当面被人威胁生命,这还是头一遭。一种前所未有的恐惧感油然而生。

说完,周振宇嘴角上扬,仿佛是一位打赢战争的将军，而商问则是他的手下败将。他拿起桌上那杯威士忌，一饮而尽。

可没过几秒，原本拿在周振宇手里的杯子，突然摔碎在了地上。

周振宇双目圆睁，两只手捂住自己的脖子，嘴里发出"咝咝"的声音，整个人朝地上倒去。商问马上意识到酒里有毒。

与此同时，酒吧里顿时爆发出一阵骚乱。这一突如其来的变故让所有人惊慌失措，包括酒吧的服务生，有人失声尖叫，有人吓得夺门而出，还有人将刚喝下的饮料直接吐到地上。

此时的商问被吓得无法动弹，脑子里不断回想那本书的书名——《财务总监的牺牲》！

这是连环杀人案！

警察来了之后，作为重要目击证人的商问也跟着回了警局协助调查。经过初步检查，周振宇所喝的威士忌里掺有神经性毒素，案件被认为是投毒案，因此，酒吧的服务生和老板也被带来了。做笔录时，商问将这几天的经过详细地描述出来，但警方却认为商问可能患有妄想症，毕竟之前搜查黄娇娇家动静这么大，结果连一滴血迹都没能找到。

不过这次不太一样，周振宇确确实实死了，而最后接触到他的人就是商问。

这起投毒案，最大的嫌疑人当然是商问。首先，他有动机。因为一口咬定发现了黄娇娇的尸体，但周振宇的出现使得商问变成了一个精神有问题的小丑。从警方的角度来看，这很可能让商问恼怒成羞。其次，他有时机。在酒吧与周振宇交谈时，或许可以趁他不备，偷偷将毒素投入威士忌中。距离如此近，完全可以做到神不知鬼不觉。

然而，酒吧的监控录像救了商问一命。

从监控录像中可以看到，自始至终商问都没有接近过那瓶威士忌，所以也无法下毒。

录完口供后，商问就离开了警局。

回家的路上，商问大脑一片空白。发生的事情太多了，才几天，身边竟然死了三位同事，自己还见过其中两人的尸体。他自认为还算勇敢，要换作别人，早就吓出精神病了。不过他的身体也到了极限，疲惫感一阵阵朝他袭来。

到家之后，他也顾不得和睡在沙发上的黄妙妙说话，衣服都没换，直接倒在床上就睡。

第二天醒来的时候，已经是中午十二点了。

商问大喊不妙，由于昨晚太累，睡前忘记调闹钟，竟然睡了十个小时！

他打开手机，发现有十条未接来电，都是袁丽景打来的。

幸而昨晚睡觉没脱衣服，起床后他披了外套，就想往外冲。可就在此时，他感觉到屋里有些不对劲。

少了一个人。

昨晚睡在沙发上的黄妙妙不见了。

他一边喊着黄妙妙的名字，一边在屋里转了一圈，半个人影都没瞧见。

她自己走了？

商问叹了口气，心想现在的年轻人，做事都颠三倒四，真要走，也该留张纸条告知一下嘛！不过也好，现下他也没空去和这个神神叨叨的女孩纠缠不清。

从任欣蕾到黄娇娇，再到周振宇，"读世文化"已经死了三名员工了，加上那几封邮件，现在公司恐怕已经乱成一锅粥了。商问甚至能想到有不少员工会排着队去何芸那儿辞职。不对，何芸是周振宇的妻子，丈夫被人毒杀，她今天怎么可能还在公司？

商问带着满肚子问题赶到公司，却发现公司里的情况和自己想象中完全颠倒。

一切如常。

每个人都在自己的工位上干活，别说排队辞职的情景没有出现，甚至还有同事交头接耳，说说笑笑，仿佛什么都没发生。这种场面，让商问感到背脊发凉。

"小商，你来啦！"前台小王对他说，"袁姐一大早就在找你呢！"

"她现在还在吗？"

"嗯，刚看她进去了。"

"好的，谢谢。"

道别小王后，商问径直来到了袁丽景的隔间。

"你来啦。"袁丽景没抬头，双手正在电脑的键盘上飞快敲打。

"丽姐，您找我有事儿？"

"也没什么重要的事儿。今天下班前你去人事部办理一下离职手续，明天就不要来公司了。放心，该给的补偿公司会给。"

说这些话的时候，袁丽景还是没有抬头。

这个结果商问想到过，只是没想到会这么快。

"袁主任,我想知道公司开除我的理由是什么？"商问换了正式的称呼，严肃地问。

"理由。"袁丽景停下手里的工作，慢慢抬起头看向商问，目光中含着怨恨，"理由你应该比我更清楚。"

"对不起，我不清楚。"

"最近公司发生了这么多事，似乎每一件都有你的参与。小商，你很了不起啊！"

商问听出了袁丽景的弦外之音。

"黄总的事情我也很遗憾，不过我没有撒谎，我只是把自己看见的如实陈述出来而已。况且当时差我去找黄总，也是刘总的意思，我只是完成领导交代的工作而已。"

袁丽景伸出手掌，对商问说："好了，你话也别多说了，让你走，也不是我一个人的决定。你明白吗？"

"我当然明白，是'你们'的决定。"

说这句话时，商问把"你们"这两个字说得尤其响亮。

他接着又说道："袁主任，把我赶走也没用，这件事不会就这么结束的。欣蕾的死、黄总的死，甚至周总的死，总有人要负责。"

"我听不懂你在讲什么,请你离开!"

袁丽景冲着商问大声呵斥,仿佛要用尽她全身的力气。

站在办公楼下,商问四顾茫然。他感慨自己走了霉运,喜欢的人死了,工作也丢了,自己还被卷入这件非常复杂的连环命案中。

他漫无目的地朝前走着,像一只无头苍蝇,不知道接下来该怎么办,唯有苦笑——说到底,他只不过是个没用的职场新人罢了。

过了两条街,商问在一家书店门口停下了脚步。

书店的橱窗里展示着一本推理小说——《职场女孩的受难》。书的腰封上写着"**中国女版东野圭吾降临**"这十个字,下面还有一行小字:中国特色社会派!青梅竹马的牵绊,暗恋者的勇气,为救赎爱情的极致犯罪,数万读者痛哭推荐!

作者名字是霍绮雯。

《职场女孩的受难》《销售女王的赎罪》和《财务总监的牺牲》，这三本书不正对应了任欣蕾、黄娇娇和周振宇的死亡吗？

如果要商问相信这一切都是巧合的话，那他宁愿相信世界上没有坏人。

商问走进书店，正巧看见一位女店员正在整理货架，便上前问道："你好，我想问一下霍绮雯的书都在哪里？"

店员指了指商问身后的架子，说道："都在那里了。"

商问看了一眼："可是只有三本啊。"

"霍绮雯只写了三本啊。"店员随口答道。

"你说的只是这个系列吧？我对这位作者很有兴趣，不过没怎么读过她的作品，您能简单给我介绍一下吗？"商问接着问，"她的风格是什么样的？"

"社会派啊！您知道社会派吗？"店员似乎是个推理迷，听到商问的提问不仅没有反感，反而变得异常热情。

"对不起,我读书比较少。"

"就是读完很让人感动的小说,而且霍绮雯这位作者描写男女主角的爱情特别感人。其中女孩被坏人杀害之后,男主利用自己的智慧展开反击,把坏人一个个都绳之以法,那种感觉太棒了!刚开始阅读的时候会很压抑,但最后情绪完全得到释放,真的是越读越上瘾!"

"那和武侠小说有什么区别?"

商问一直以为推理小说都是像阿加莎·克里斯蒂那种风格。

"武侠小说?"店员想了想说,"当然有区别啦,因为故事背景不是在古代。"

"不好意思,是我孤陋寡闻了。"商问道歉。

最后,店员见他没有买书的意思,也懒得和他继续闲聊下去,转过头又去整理货架了。

商问拿起那本《职场女孩的受难》,书脊上印着出版公司的名字——没有文化。商问简直不敢相信自己的眼睛。这家文化公司的名字,叫"没有文化传媒有限公司"。不过他转念一想,他们老板的定位可能也没错。

他上网查询了"没有文化"的公司地址,接着叫了一辆网约车。

他们三人的死,和这个名为"霍绮雯"的作者,一定有着某种关联。假设书名和连环杀人案是巧合,但又如何解释袁丽景办公桌上也有这么一本书呢?想要查清楚这起连环谋杀案的真相,就必须先去见见这位"霍绮雯"。从书店到"没有文化"的车程大约二十分钟,商问卡在临下班前半小时,走进了"没有文化"的公司。

"请问您找谁?"前台小姐询问商问。

"我找《职场女孩的受难》这本书的责任编辑。"

虽然不太读书,不过商问还是知道,要联系作者的话,最好先找到作者的责编。

前台小姐冲着商问身后喊了一句:"胡老师,有人找你。"

商问回过头,看见一位身材高瘦的男子,约莫四十来岁,戴着眼镜,留着一头长发,表情看上去不怎么高兴。听到前台小姐的呼唤，他停下脚步，把目光投向了商问。

"您是《职场女孩的受难》的责编？"

胡老师点点头："嗯。不过，我们出版公司的编辑一般叫'特约编辑'。请问您有什么事吗？"

"我想找霍绮雯老师，您能帮我联系她吗？"

胡老师听到"霍绮雯"三个字，面色一变，对商问说："麻烦去我办公室说。"

商问跟着他，走进了一个小房间，四面都堆满了书。房间的窗户紧闭，光线也被厚厚的窗帘遮挡，屋子里非常昏暗，唯有一盏小台灯用来照明。

"太强烈的光线会损害书籍。"胡老师看出了商问的疑惑。

"没事。"

"您坐。"胡老师指了指办公桌前的实木扶手椅。

待商问坐定后，胡老师便开口问道："你找霍绮雯老师什么事？"

"实不相瞒，我们公司最近发生了三起杀人案，而这三起案件，都与霍绮雯老师创作的三本推理小说相对应。我知道，这么讲您可能觉得我在撒谎，但确确实实发生了！所以我认为或许霍绮雯老师知道某些内情。"

胡老师并没有表现出惊讶的样子，只是低头不语。

"我知道，畅销作家和谋杀案如果有牵连的话，会对她的名誉产生负面的影响。但人命关天，我希望能当面见一下霍绮雯老师，询问一下情况。您放心，我绝对不会纠缠她，也不会把我们的对话公之于众。我只是想寻找一个答案。"

"不可能。"胡老师十分果断地说道。

这语调让商问感觉自己撞上了一面墙，之前所有准备的措辞都被击得粉碎。

"我希望您能够理解我……我真的……"

"不可能。"胡老师摇了摇头，"你不可能见到霍绮雯老师。"

"为什么？"商问不理解，"您哪怕去问一句呢？霍绮雯老师如果不愿意见我,那我也认了,我只求您帮我带个话,这也不行?"

"不行。"

"我无法理解。"商问真的有些生气了,他感觉这位胡老师十分傲慢。

"你还不明白吗?"胡老师站起身来,走到办公室门口,打开了门,"你永远不可能再见到霍绮雯老师,换句话说,世界上任何人,都不可能再见到她了。如果没有其他事情的话,你可以回去了。"

商问似乎慢慢理解了他这句话的含义。

"难道……"

"霍绮雯老师死了,死于一场车祸。"胡老师的声音有些哽咽。

"车祸……车祸?"

商问霍地从椅子上立起,瞪大双眼看着胡老师。

"霍绮雯是她的笔名,她的真名叫任欣蕾。"

任欣蕾就是霍绮雯，霍绮雯就是任欣蕾！

和他相处这么久的女同事，竟然是个畅销作家，这个消息对商问来说，太过炸裂。他从胡老师口中得知了一种叫作"覆面作家"的概念，说的就是有一些作家不想让身边的人知道自己的真实身份，所以任何宣传活动都不会现身，媒体这边，也不会得到任何与这位作者私人有关的信息。这当然要靠编辑的守口如瓶。

不过现在霍绮雯已经死了，她是谁，也已经不再重要。

只是畅销作家的死亡并没有公布，这家文化公司也算仗义，没有拿作家的死来进行宣传，吃这口人血馒头。

从"没有文化"公司离开后，商问直接回家，一开门就倒在沙发上。

这次的案件，有太多地方他想不明白。

假设《职场女孩的受难》《销售女王的赎罪》和《财务总监的牺牲》这三本书都是任欣蕾写的，就算她能预测自己的死亡时间，那后面两起案件呢？她怎么知道黄娇娇和周振宇也会死亡？这三本书他在书店匆匆翻阅了一遍，从简介上看，和他们的工作完全无关，人物关系也不一样。难道只是巧合吗？

那未免也太巧合了吧！

商问翻了个身，忽然感觉背后有硬东西顶住了腰，他起身查看，发现沙发布下面藏着某样东西。他掀开沙发布，发现了一张卡片。

是产品研发部董总的公司门禁卡。

商问脑海里浮现出平日里总是一副冈样的董飞的那张脸。他感到奇怪，为什么董总的门禁卡会在自己家里的沙发上。

难道是自己从公司不小心带回来的？

商问摇了摇头，否定了这个假设。他和产品研发部交集很少，和董总的交集就更少了，再怎么样也不可能把别人的门禁卡带回家啊。

那么，只剩下一种可能性——这张卡是黄妙妙带来的。至于是她故意留下的，还是不小心落掉的，就不知道了。

黄妙妙为什么会有董总的门禁卡呢？

这也太离奇了吧！

商问不停挠着脑袋，也想不出个所以然来。这个女孩实在太神秘了，一见面就说一些不着边际的话，然后还寄宿在他家里，走的时候也是不打招呼就离开，最后还留了一张董飞的门禁卡给他。她到底想要做什么？商问越想越不对劲。

这时，门铃响了。

商问此刻第一个念头是黄妙妙回来了。来得正好，把这件事问问清楚。他将董飞的门禁卡用力拍在茶几上，打算好好质问一下黄妙妙，让她可别再胡言乱语。他走到门口，用力将门打开，这样可以让自己显得更有气势和威严。

可门外的人让商问刚刚上涨的气势瞬间萎了下去。

门口站着的是一位身穿制服的警察。这位警察四十岁上下，整个人精神气很足，身姿也极为挺拔，整体给人十分严肃的感觉。

"你好,我是市局刑侦队的,负责周振宇的案子。我姓周。你就是他的同事商问,对吧?"刑警说话声音洪亮,每一个字都让商问心惊胆战,"这次来是想向你了解一下情况,方便吗?"

"方……方便。"商问侧过身,让出一个通道。

周警官走进房间,一眼就看见了放在茶几上的门禁卡。不过他并没有多问什么,而是绕过茶几,在沙发上坐下。

商问找来一把椅子,在周警官对面坐下。

"我这次来,是想了解一下情况。你和周振宇平时交流多不多?"周警官没有过多的寒暄,开门见山地问。

商问摇摇头:"他是管财务的,平日里几乎不怎么说话。"

"任欣蕾、黄娇娇和周振宇这三个人,在公司里有交集吗?"

"不清楚,应该有吧。"

"有人讨厌他们三个吗？"

商问知道周警官是在排查嫌疑人。

"不知道。不过就算讨厌，最多也是工作上的摩擦，我不认为会牵扯到谋杀上。除非这个凶手脑子不正常。"

周警官冷笑一声："现在的社会，脑子不正常的人太多了。对了，你是不是喜欢任欣蕾？"

"啊？您听谁说的？"商问有些紧张。

"就回答是还是不是就行了。"

"是。"

"所以任欣蕾的死对你冲击很大。"周警官的问题似乎意有所指。

商问点点头。

这是事实，在警察面前否认的话，反而会显得很可疑。

"于是你就想自己查出害死任欣蕾的凶手？"

"不……没有……"

商问试图解释，但显然周警官并不在意他的答案。

"我劝你别浪费时间，你要相信警方，明白吗？你现在的行为都很鲁莽，包括跟踪周振宇这件事，是非常不理智的。你的鲁莽行为，很可能会扰乱我们的调查。所以我今天来这里，是希望你能适可而止，眼下你的所作所为，也非常可疑。我相信你是个聪明人，应该听得懂我的意思。"

"我明白……"

"好了，其他废话我也不多说了。"周警官从沙发上站起身，朝门口走去。

商问心想，这次周警官来找他，看来并不是想向他询问公司内部的事情，而是来警告一下，让他别再做多余的事情。他的一举一动，都尽在警方的掌握之中。

"周警官，有件事我想请您帮忙。"商问抬起头。

周警官闻言转过身。

"什么事？"

"我在黄娇娇的住处见到了她的妹妹黄妙妙，还收留她在我家住了一晚。可是她却在早上不见了，因为黄妙妙似乎也想查清楚她姐姐的死因，所以我怕她会遇到危险，想拜托您帮忙找到她。"

听了商问的话，周警官脸上露出一种极为古怪的神情。

"您别误会，只是单纯地在我家，就是沙发上借宿一晚，我们没有任何事情。"商问生怕周警官误会，连忙解释起来。

不过让周警官神情变化的，并不是这件事。

"黄妙妙？"周警官重复了一遍名字，然后皱眉道，"据我们调查，黄娇娇并没有妹妹。"

商问惊得张大了嘴。

作者简介

时晨，上海作家协会会员，咪咕幻想文优秀奖得主，本土原创推理作家中为数不多的坚守古典本格理念的创作者之一。创作题材丰富，推理、悬疑、武侠、奇幻均有涉猎。推理短篇集曾被日本权威推理年刊《本格推理·世界》所推荐。

2021年4月至2022年3月，创办上海第一家侦探推理小说专营书店——孤岛书店；2023年1月，"孤岛书店"升级改造为"谜芸馆"并正式对外营业。

已出版推理、武侠小说：《侦探往事》《侠盗的遗产》《枭獍》《罪之断章》《黑曜馆事件》《镜狱岛事件》《五行塔事件》《傀儡村事件》《枉死城事件》《密室小丑》《入殓师推理事件簿》《水浒猎人》等。

第五章
当我们一起回答

陆烨华

开场致词

刘彦

首先,感谢各位部门领导,来参加我们总经办举办的这个,啊,推理竞标。我就简单说三点。

第一点,我们公司目前的处境。在座的各位都是一线业务员工,尤其是我们的这个,黄总、董总,对伐,还有像袁主任、何总,都是我们"读世文化"的老员工了,对公司目前的状况肯定也是比较了解的,我就不多重复了,啊。

大家都知道,我们公司是做什么的?做什么的?

对,是做创意的。是做创意加文化的。那么我一直在问我自己，创意加文化，创意加文化，加在一起是什么呢？后来有一天我在办公室里喝茶，啊这个，同时也在工作，突然之间想到了，创意加文化，加在一起，不就是文化加创意嘛！

大家先不要笑，对伐，先想一想，有没有道理？

欸，有道理的呀！

我们以前做的是创意加文化，创意在前面，所以什么有创意我们就做什么，像绿豆龙的IP，像我们做短视频内容，再比如像我们和别的公司合作的那些个项目，都是创意先行！结果是什么，你们也看到了：绿豆龙IP泡汤了；短视频火了一阵，但是留不住消费者；和别的公司的合作呢，也逐渐变少。原因在哪里？原因就是大家都在拼创意，而我们"读世文化"的创意拼不过别人，被市场淘汰了！很残酷，但是很真实嘛，对不对？

所以我想，我们一开始的方向就错了！我们"读世文化"，本质上不是创意公司，而是什么？而是文化公司！

文化公司，就应该文化先行！拿我们的长项去打别人的短项，他们有一万个创意，也比不过我们一个文化！

（掌声）

但是还得加创意，不能是传统的这个文化模式了。所以，我联合总经办，啊，一起策划了这个推、理、竞、标。

大家已经知道了，这是一个基于传统侦探推理小说的内容，也就是我所说的文化属性，搭配上现在比较流行的文字、有声剧、短视频，最后还有互动的这么一套创意打法。当然，这次是试点，所以只有文字部分。

总结一下啊，我们以创意为抓手，为传统侦探推理文化赋能，秉持用户至上的原则，积极拓展行业生态链，整合自身优势，打破部门壁垒，啊，形成有正反馈的产业链，链接读者和世界，构建从文化输出到内容反哺的闭环。

（掌声）

所以，非常感谢我们总经办的优秀小伙伴，在我下达这个任务之后，加班加点，任劳任怨，通力合作，最终，一人负责一个篇章，完成了这次的试点内容。具体内容，我们一周前就发给在座的各位了，你们也都已经提前看过，并提交了推理竞标的PPT。也感谢大家对这次推理竞标任务的支持。明年，我们就会把这一套内容加创意的SOP正式落地执行！

你们等会儿要竞标演讲的PPT，我还没有看过，就等着欣赏你们的发言了。不过我还是要提醒一下，这次的谜面内容是总经办四位同事合作，或者说接龙撰写的，所以各有特色，谜团呢，也是错综复杂。针对你们的述标，我们会采取打分制，我和总经办的四位同事——袁丽景、商问、黄妙妙、任欣蕾，每个人有10分，满分一共是50分。最后，我们看谁的评分最高，谁就赢得这次竞标。作为奖励，这个百年一遇的项目正式上线后，将由获胜者的部门来运营、执行，这对你们每个人的工作来说，都是非常大的提升。

什么？周总？哦，这个你不用担心，你虽然是财务岗，不懂一线的销售运营，但是你可以招人组团队嘛，对于这个项目，我个人是非常看好的，你只要等着拿提成就行了。

还有人有问题吗？何总，你有什么问题？

哦，打分标准是吧？果然何总是比较细心认真的啊！那个，我说一下啊，我们每个人的打分标准都不一样，总经办的四位同事，应该会着重去看自己写的那部分里面的谜团是否揭开，比如袁主任，她写的是第一棒，那么第一棒里最最重要的，就是任欣蕾之死，她为什么会突然乱穿马路，像一个马克杯一样被车子撞飞呢？哈哈哈，袁主任的比喻，我很喜欢，啊，很……哦……那个什么……很喜欢，说不上为什么。所以说，你们只要解答好了任欣蕾之死，至少袁主任那边应该是能拿到比较高的分数的。

那么至于我本人的评分标准呢，就是看全局，是不是连贯、流畅，是不是合理，是不是……写到我的心坎里了，对吧？

也就是说，大家在述标的过程中，主要解决的问题是，三起案件的凶手是谁，动机是什么，就可以了。其他的一些小谜团，如果能圆上，那分数肯定会更高。

好，规则，大家清楚了，我主要就说这么多，啊。

最后，我要提醒一下，小说纯属杜撰，虽然里面出现了我们这家公司，以及在座的诸位，但是所有的事情都是虚构的，希望大家不要对号入座。大家在推理的时候啊，一定要把它当成是一个假的，完全不真实的小说去看，不要有主观的情绪，好伐？

好，那么，我们的述标环节就正式开始。首先，我们先请销售主管，我们公司最能说会道的员工——黄娇娇，黄总，上台来进行述标！

（掌声）

第一个述标

黄娇娇

我其实非常紧张,开会前去了两次厕所,没有上成功,所以我应该长话短说。

女厕所排队的人实在太多了,趁这个机会,我也跟刘总,还有总经办的同事提议一下,我认为一家好公司,女厕所和男厕所的比例应该等同于工位和会议室的比例。

(掌声 + 笑声)

开玩笑啊,我知道这个事情不归总经办管,他们已经很辛苦了。说实话,我看到这次的"推理竞标"任务书的时候，除了困惑，就是佩服。

困惑的是，真看不懂。佩服的是，总经办的四位同事，都不是作家，以前也没写过小说，哎，写出来的作品居然比我们签约的大部分作者还要好，真的很佩服。

我说我看不懂不是客套啊，是真看不懂，我是干销售的，行万里路，看一本书。我们自己公司出的小说，我也就看一下腰封宣传语，已经够了。合格的图书销售，熟读内容；优秀的图书销售，不看内容。只有不知道内容的销售，才能把书卖给同样不知道内容的客户！这个在我们的术语里，叫"用客户的眼睛看世界"。

所以，我对推理其实是比较陌生的啊，我也是想了好久，才想出来这么一套我认为合理的解答。当然，水平和大家肯定不好比，我就当抛砖引玉了，希望最后得分不要是个位数就好，不然我们销售部也太丢脸了。

（笑声）

因为平时不看小说，看两页我就困了，捡起来重看脑子一片混乱，所以我把主要的死者和死法，整理了一张表，这样我看小说的时候，比较容易对齐目标。

死　者	任欣蕾（霍绮雯）	黄娇娇	周振宇
身　份	总经办职员	市场部主管	财务总监
死　法	被车撞死	上吊自杀	酒吧中毒
强人际关系	无	和周振宇关系不浅	芸姐的老公
疑　点	无故被撞，肇事司机消失	尸体消失；家里开着煤气	没发现投毒的人

嫌疑人就不做表了，出场的一共也就这么几位：刘总、袁丽景、何芸、董飞、商问、黄妙妙。

当然了，做完表，看完书，我还是一头雾水，有那么多的线索和疑点，我应该从哪里开始切入呢？

既然是门外汉，那我就用特别门外汉的方法来切入！就是——我感兴趣的点。

而我感兴趣的点，往往是和我有关的点。体现在书里，只有两个部分，大家看PPT。

第一，黄娇娇之死；第二，黄妙妙是谁。

这两部分，是我最感兴趣的。就算知道这是虚构的小说，在看到第二章，我被写死的时候，还是挺难受的。所以我想，今天的竞标结果如何，我们销售部能不能拿下这个项目，这些都不重要。我，黄娇娇，一定要找出杀死黄娇娇的凶手！

先说第一部分，小说里面黄娇娇的死。在三个被害人中，她的死是被描写最多的，几乎用了第二部分一整章来描写她的死状，以及尸体被发现前后的经过。按理来说，线索越多，答案应该越清晰才对。但不是，关于黄娇娇死亡的线索越多，不协调的矛盾点也就越多。我们看这页 PPT，我把我认为重要的线索罗列了一下，一共有 8 点：

1. 黄娇娇门口的牛奶箱中仍有鲜牛奶。门开着一条缝。
2. 商问进入被害人死亡现场的时候，发现屋里没有开灯。

3. 黄娇娇的脖子上有一根尼龙绳，眼球凸出，长长的舌头吐在外面。同时，现场还开着煤气。
4. 商问见到这样的场景，没有选择报警。
5. 商问探了尸体的鼻息，并查看了死者的手机。
6. 周振宇来找黄娇娇，随后，黄娇娇的尸体消失。
7. 黄娇娇是一个很精致的白领，作为销售主管，收入也很好，但却租了一个距离公司不远的破烂公寓。
8. 黄娇娇家里有肇事司机的衣物、假发等。但没有发现遗书。

当我把小说里面的疑点精挑细选出来，并且用阿拉伯数字进行总结之后，我发现，谜团确实太多了。但是，这里面的每一个谜团，只要再往后多想一步，然后再把它们合并到一起，就会发现，真相其实特别简单。

第一，黄娇娇门口的牛奶箱中仍有鲜牛奶。这说明什么？说明黄娇娇不仅没有出过门，甚至，她连门都没有打开过。也就是说，在早晨送奶工送完牛奶，直到商问发现尸体的这段时间内，黄娇娇一步都没有踏出过家门。进一步，我们是不是可以这么认为——黄娇娇在送奶工送奶的时候，就已经死了。但是这样就又产生了一个不合理的地方，她家的门虚掩着。大家知道，我最擅长的是用客户的眼睛看世界，当我代入到送奶工的视角时，就发现了矛盾之处。如果黄娇娇死于夜晚，那么门是凶手离开时开的，并且没有关好。送奶工早上来的时候，会看到一扇虚掩的门，他一定会喊一声，让主人出来拿牛奶，甚至还会敲一下门。可房间里面充满了煤气，送奶工在放牛奶的时候，如果敲门或者凑近喊，一定会闻到煤气的味道，然后就会像商问一样发现尸体，从而报警！

但这一切没有发生，牛奶好端端地放在了盒子里，送奶工也没有报警。所以，我认为在送奶的时候，黄娇娇的家门，是关着的。

我们再往回想，门真的是凶手离开时没有关好吗？

这也不合理呀，因为凶手还开了煤气！为此，凶手连家里的窗户都关了，甚至窗帘都全部拉上，怎么会独留一扇没关上的大门呢？这不是和开煤气的举动矛盾了吗？

因为牛奶没有动过，所以黄娇娇基本上在送奶前就死了，但门不可能是凶手离开时虚掩的。所以，这第一条线索，我往后多想一步，能得出的结论就是：**在商问发现尸体之前，已经有人到过现场了！这个人看到了黄娇娇的尸体，但选择没有跟任何人说，且离开的时候，出于某种理由，把门虚掩了。**

第二点，房间里没有开灯。我们已经知道，黄娇娇被害时间是晚上，为什么我一直说黄娇娇是被人杀害，而不是自杀的呢？最大的原因是——这么写的话很无聊，我虽然没看过什么推理小说，但知道推理小说的套路。提供佐证的就是房间里没有开灯这一点。如果黄娇娇是在晚上自杀，那一定会开灯。

那灯是谁关的呢？这个人可能是凶手，也可能是后来进入现场的那个人，我们暂且称呼他为 X。我们来逐一分析下，请看下一页 PPT。

关灯的人是凶手吗？不，凶手没有关灯的理由。就像我前面说的，凶手在夜晚杀了人，布置完现场，伪装成黄娇娇自杀，那一定会让灯开着。不然明眼人一看就会往谋杀案去怀疑，凶手又何必偏偏在这个环节露出马脚呢？所以灯不是凶手关的。

于是，只剩下 X 了，灯就是他关的。原因是什么呢？请大家跟我一起，用客户的眼睛看世界，模拟一下 X 的行动：**他来到黄娇娇家，发现尸体，没有选择报警，而是悄悄离开。但是他做了两件事：第一，留下虚掩的门；第二，把灯关上。** 这两件事情很小，小到你不仔细去盘，是不会发现这两件事情是一个和命案不相关的人做的。但就是这两件"小事"，让案发现场发生了重要的变化，那就是——让人**快点**发现**命案**。

大家如果不是色盲的话，应该发现了，这句话里我把关键词标红了，分别是"快点"和"命案"。没错，门没关，是想让人快点发现屋里出事了。关灯，是想破掉凶手伪造的"自杀现场"。

大家请记牢这一点，这个 X 的行为逻辑，是站在凶手的对立面，也就是和死者黄娇娇是同一战线的。但是，他没有选择报警，是为什么呢？我们继续往下分析。

第三点，黄娇娇很明显是被勒死的，但与此同时，现场还开着煤气。为什么？凶手既然已经明确知道自己得手了，也把黄娇娇伪装成了上吊自杀，为什么还要开煤气？在小说的后半部分，作者给过这样一个解释，就是让按门铃的人被电流引爆煤气而炸死。但这没道理啊，凶手为什么要炸死发现尸体的人呢？且不说这个计划的可行性有多高，如果凶手想销毁现场的什么证据，可以直接销毁啊，如果想无差别杀人，可以直接去杀人啊，为什么要布置这个不稳定的装置呢？所以凶手打开煤气的举动，毫无道理可言，他没有必要这么做！也就是说，打开煤气的这个行为，也不是凶手所为。那么是谁做的呢？答案呼之欲出了吧。在凶手和商问之间，唯一进过黄娇娇家的人，就是 X。

至此，我们推理出 X 做了这几件事：一、开煤气；二、关灯；三、虚掩门。那开煤气的动机是什么呢？和虚掩门一样，也是为了让尸体早点儿被发现吗？我们接着往下分析。

第四点和第五点都是关于商问进入现场之后的行动，可以放在一起分析。他探了死者的鼻息，打开了死者的手机，并且同样没有选择报警。在分析商问这一系列奇怪行为背后的逻辑之前，我想说，有一件最诡异的事情一直被大家忽略了，那就是——商问如何探尸体的鼻息？原文是这么写的：

……（黄娇娇）整个身体仅靠一根绳子悬吊着，手脚下垂在半空中。

——她在家自杀了。

商问伸出两根颤抖的手指，探了探黄娇娇的鼻息……

是不是觉得很违和？尸体垂在半空中，悬吊着，但是下一句是，商问伸出手指探了探黄娇娇的鼻息。

　　请问，他是怎么够到的？

　　有人说，可能黄娇娇的屋子层高比较矮啊，但是作者就在前面刚刚写过：公寓是由一家老厂房改建而成的，红砖白缝的外墙面，还保留着原先厂房的工业感，总共两层。

　　总共只有两层，老式厂房改建，那层高一定是比正常的公寓要高很多的！推理小说的作者，从来不会写无关的信息，所以我查了一下，老式厂房的层高通常在 5～9 米之间，我们按最小单位 5 米来算，吊死的黄娇娇最起码鼻子的高度应该在 4 米左右吧？大家知道篮球框有多高吗？NBA 的篮圈高度是 3.05 米，也就是说，商问在没有助跑的情况下纵跳能摸到黄娇娇的鼻子，已经是 NBA 球员都做不到的水平了。更何况，他还探了探鼻息，这个滞空能力也太惊人了。

如果商问不是超人，那么他是怎么用两根颤抖的手指探到黄娇娇的鼻息的？很简单，**他把尸体放了下来。**

虽然第二篇是以商问的视角进行写作，作者应该也是商问同学吧？但是我稍微一用客户的眼睛看世界，就发现他隐瞒了很重要的信息没有写出来。他放下了黄娇娇的尸体，然后探了探鼻息，确认死亡状态，再然后呢？再然后呢？他又把尸体放回去了吗，还是就任尸体躺在地板上？我想应该是后者。小说里说商问迫不及待地想要离开这个房间。

商问还做了什么？他还把黄娇娇的手机打开了，打开的原因是什么，他又为什么没有选择报警呢？这一点，我不得而知，很遗憾，要在这个地方扣分了。但商问不是我所关心的对象，我只关心和我有关的部分。关于商问这个人，对员工观察特别细致的芸姐，一会儿应该会重点分析。

我们继续往下，第六点，周振宇来找黄娇娇，随后警方来到现场，发现现场并无尸体。关于这一点……

啊？袁主任怎么了？时间到了？怎么这么快！我要说三个部分，现在连第一部分都还没说完呢！

能给我延时半小时吗？十分钟？五分钟！五分钟可以吧？

什么？延时一分钟扣一分？行吧，那我快点儿说。

关于第一部分的八条线索，我就不一一展开了，有一些细节后面的同事会补充到。如果没有补充的，主办方应该也能猜出来，毕竟我已经分析出了最关键的结论。

我再重申一遍，关于黄娇娇死亡的现场，我的结论是：一、**在凶手和商问进黄娇娇家之间，还存在一个X。是这个X开了煤气，关了灯，虚掩了门。二、商问在自己的那一部分小说中，隐瞒了非常重要的信息，是他把黄娇娇的尸体放下来的。**

黄娇娇家里有司机的衣物，没有遗书，很明显是被陷害的，并且陷害得不彻底。至于她的尸体为什么消失，她为什么又选择住在厂房改建的公寓里，希望后面的同事能补充一下。

接下来,我长话短说分析下黄妙妙和《销售女王的赎罪》这本书。

首先,是黄妙妙。在公司里,因为我们的名字很相似,所以一开始大家也都传过她是我的妹妹,没想到被她自己当作一个梗写进了小说里,很有意思。但在小说中,这个黄妙妙是非常神秘的。她自称黄娇娇的妹妹,但是在询问线索的时候表现得非常冷静,会不断分析证据,提出质疑,一点都不感情用事。看上去,她不像被害人的妹妹,反而更像一个真的对案件充满好奇的人。

真正对案件充满好奇,但又不是被害人的亲属,那么黄妙妙是什么身份呢?

侦探?

呵呵,虽然是侦探小说,但我们还是要遵守社会规则和科学逻辑。我国没有私家侦探。即便有,也不会是这样的小妹妹,来调查真实的命案。

穿越者?

呵呵呵呵呵,那就更可笑了,虽然是虚构小说,但我们还是要遵守社会规则和科学逻辑。现实中没有穿越者。即便有,也没人能发现。

所以,黄妙妙是一个真实存在的人,她为什么对案件这么好奇呢?答案很简单,因为——**她就是 X**。

我们再次用客户的眼睛看世界,跟随黄妙妙的视角来看事件经过:她因为某种原因,来到黄娇娇家,发现黄娇娇已经被害,于是做了一些小动作,让案件快点儿被发现。之后,她一直打听消息、看新闻,结果呢,没有爆出命案,尸体也不翼而飞!为什么黄妙妙在看到商问的时候一下子就相信了对方说的话?因为黄妙妙知道,商问说的是真的,黄娇娇确实死了,商问看到的现场,她也看到过啊!所以她必须缠着商问,刨根问底,去思考在她走后,现场究竟发生了什么!

黄妙妙的动机我们知道了,那么她的身份呢?我们已知的信息有:一、她会去黄娇娇家,二、她知道商问家里的挂画是什么,三、商问对她的声音很熟悉。同时满足这三个条件的人，会是什么身份呢？

是的，**黄妙妙，就是送奶工。**

商问家的挂画在客厅，门一开就能看到，长时间固定的送奶工一定看到过商问打开门后家里的布局，这其中最显眼的就是那幅挂画。商问对她的声音也很熟悉，因为经常打招呼。但是只要脱下送奶工的制服，穿上日常的服饰，一般人是很难会把这样一个可爱的女生和送奶工联系到一起的。而黄妙妙后面说的自己有什么"穿越"的能力，都是为了接近商问而编造出来的谎话，她很明显地感觉到了商问身上的不对劲。

既然知道了 X 和送奶工是同一人，我们再来还原一下黄娇娇案的经过。首先，凶手在晚上杀害了黄娇娇，布置成上吊自杀后离开。第二天早上，黄妙妙来送牛奶，察觉到黄娇娇家不对劲，于是进入屋子、开煤气、关灯、虚掩门，希望案件快点被发现。下午，商问提前下班来找黄娇娇，进入案发现场，放下尸体，做了一些事情之后离开。再后来周振宇进来，不知道他在里面做了什么。他离开之后,房间恢复正常,尸体消失。

这一连串复杂的事件框架已经出来了,只留下几个小细节:一、黄妙妙如何察觉到现场不对劲,又是如何进入黄娇娇家的?她只是一个送奶工啊。二、黄娇娇的尸体是谁转移的,商问,还是周振宇?这两个问题,第一,我时间不够了,第二,我也没想明白,就留待后面的同事解答吧。

好了,我的述标就到这里结束了,谢谢大家。

黄娇娇得分:

评委	分数
袁丽景	1
商 问	6
黄妙妙	8
任欣蕾	3
刘 彦	4
超时扣分	−11
总 分	11

第二个述标

何芸

谢谢黄总的精彩分享,大家要不要先休息一下,上个厕所之类的?……哦好,那我们就直接开始。

黄总太谦虚了,说自己没看过什么推理小说,但自己分析起来又那么缜密。说实话,我中间一度都没有跟上节奏。嗯……要说看小说吧,我可能才是看得最少的。我是做 HR 的,每天就是跟人打交道。所以说,我的切入点也是人。

我认为,作品是能体现出这个作者的气质的,我们在面试之前,往往会先要一下作品集,或者是过往的一些工作留痕,这样好对面试者有一个初步的印象。我先分享下我看完小说之后,对总经办四位作者的印象吧。

第一棒的袁主任,文如其人,稳重、老练,可以说给后面的同事开了一个好头。并且啊,文风比较严谨,滴水不漏,细节也很多。再有一个,我观察出来,袁主任对公司的八卦还是很了解的,哈哈,短短几千字,已经把很多的人物关系都写出来了。

第二棒的商问同学,年纪轻轻,很有冲劲。他写的内容主要是商问发现黄娇娇尸体的经过,以及商问的心理活动。也符合这个年纪员工的特点,很关注自身,很想表现自己,我认为是一件好事儿。

第三棒的黄妙妙同学,别看平时在公司里不声不响的,为人很低调,但其实脑子里面奇思妙想的点子很多。所以我们很多产品的创意都是她率先提出来的,这一点很棒啊。而且黄妙妙同学的文风,一看就是女生写的,很细腻,又很活泼,另外还加入了类似平行时空、嵌套世界之类的设定,一下子就把思路给打开了。

至于第四棒的任欣蕾同学，作为总经办除了袁主任之外工作经验最丰富的同事，也展现出了大将之风，把前面一些可以收束的细节都收束了，让故事的走向不至于脱离袁主任一开始的设定太多，确实是和袁主任合作多年，很有默契，由她来写最后一棒，我相信袁主任也是比较放心的。

以上，是我通过作品，观察到的几位作者的性格，也是我的职业习惯使然，如果有说得不对的地方，会后可以私底下跟我沟通。好，下面，我们来聊作品。

我的述标很简单，不会太占用大家的时间，因为我看完小说之后，满脑子只有一个问题：**商问究竟是一个怎样的人？**

我不太会破解具体的案件，说实话，我看到黄娇娇尸体描写的时候，还感觉很害怕呢！哈哈，胆子太小了，而且也容易沉浸进去。而商问是这篇小说的男主角，我想，要完成这次述标，我只能利用我自己善于识人的特长，来帮大家解析商问的真实面目。前面黄总分享的时候也说到了,商问身上有很多疑点,以及很多做了但隐瞒了的事情,如果把这些都揭晓,那么对整部小说三起命案的真相也是非常有帮助的。

我很想现在就回答黄总遗留的问题,就是商问究竟在黄娇娇的命案现场做了什么?他为什么要放下黄娇娇的尸体,为什么要动黄娇娇的手机,为什么不选择报警?

——我知道答案。但是,答案太具有冲击力,我必须把我的思路从头跟大家捋一下。

首先引起我注意的是第三棒,也就是黄妙妙写的那部分,其中有一大段商问的回忆,详细描述了他小时候喜欢美术,为了完成一幅自己满意的画作,去商店偷了一把刀。但是偷窃之后伴随而来的强烈负罪感,让他此后再也没有碰过画笔。

这一段,大家印象也都很深刻吧?写得真的很好。但放在小说里,显得又很突兀,因为这件事情看起来和现在发生的职场连环杀人案是没有关系的啊。

黄总前面也说了，推理作家不会写无用的细节，更何况，这还不是细节，是一大段真实的、具体的人物心理呈现，所以我们不能忽视这一段。恰恰相反，这一段，是整篇小说的核心，并且是揭开三起命案真相的关键！

从这一段里，我们能看出来什么呢？如果要给商问两个关键词，你们会给出什么关键词？刘总？……冲动？啊，不愧是刘总，总结得非常精辟啊，还有呢？袁主任您觉得呢？……纠结。哈哈，你可不要把作品中的人物和现实中的商问混为一谈啊！

（笑声）

商问同学，你自己觉得呢？要你总结关键词，你会给作品中的商问总结什么词？

…………

哦，还没想好是吧，确实纠结。

（笑声）

不等你了哈，会占用我的述标时间，前面黄总已经扣很多分了。我来说说我得出的关键词吧，有两个：第一，偷；第二，愧。

我们可以看出，商问明明知道偷窃是不对的，但是他就是控制不住偷窃的欲望，他虽然给自己写了很多理由，或者说借口，但结果是，他真的偷了刀——**他有偷窃癖！**

而在偷完东西之后，他会产生极其强烈的负罪感，强烈到他可以为此放弃自己喜欢的绘画。老实说，当初他偷这把刀时，如果被发现，可能受到的"惩罚"还不会这么严重——赔钱，最多是拘留嘛。可当时没有被发现，这个代价可就太大了，会让他一生都逃避与之相关的事物。

可能大家会好奇，不就是偷了一次吗？为什么要说他有偷窃癖呢？我想说的是，在小说中，曾经多次提到，或者暗示了商问到现在依然在偷东西，所以他关于偷窃的那段回忆才会如此重要！

比如，他看到同事书里面夹着的便笺纸，第一反应就是偷走：他随手将夹着便笺纸的书装进了公文包里，却并不知道自己为什么要这么做，只觉得像是受到了某种力量的驱使；在案发现场看到手机，也忍不住去触碰，他是要偷手机；董飞的门禁卡出现在了商问的家里，这是一段非常莫名其妙的描写，为什么要特意写这一点，也是在交代商问有偷窃癖，是他偷走了董飞的门禁卡。

现在，我们再来回答之前的问题：商问究竟在黄娇娇的命案现场做了什么？他为什么要放下黄娇娇的尸体，为什么要动黄娇娇的手机，为什么不选择报警？

他为什么要动手机，因为他想偷手机；他为什么不报警，因为他是小偷，不能自投罗网；他为什么要放下黄娇娇的尸体，因为——**他，要，偷，尸，体**！

（停顿）

至此，我至少能回答黄总留下的其中一个问题：黄娇娇的尸体是谁转移的，商问，还是周振宇？答案是商问。

在此基础上，我们再来复盘一下黄娇娇案的经过：

首先，凶手在晚上杀害了黄娇娇，布置成上吊自杀后离开。第二天早上，黄妙妙来送牛奶，察觉到黄娇娇家不对劲，于是进入屋子，开煤气、关灯、虚掩门，希望案件快点被发现。之后，商问进入案发现场，偷走了尸体。再后来，周振宇进来，发现屋子里很正常。

不过因此，在我的解答后，又留下了一个新的问题：商问把黄娇娇的尸体转移到哪里去了？这个问题，留给后面的同事解答吧，这已经不是我所擅长的领域了。

商问是一个什么样的人，我的答案已经告诉大家了，那么他有偷窃癖这一点，有别人知道吗？

我认为是有的，因为就连送奶工黄妙妙都有所察觉。小说中有这样一段描写，当商问拿出《销售女王的赎罪》时，黄妙妙和他的对话非常微妙。

"这是你从书店里偷出来的吗？"
"怎么会？是我从同事的桌上顺走的。"
"原来如此，你拿走书的时候也感觉到身体不受控制了？"

第一遍看的时候，我们会以为黄妙妙本身就是一个奇怪的人，"身体不受控制"说的是某种玄之又玄的高概念设定。但现在我们知道，黄妙妙就是一个普通的送奶工，那么这段对话就会发生奇妙的偏转，她察觉到商问有偷东西的恶习，并且推测他是**身体不受控制**，也就是我所说的，偷窃癖。

既然连送奶工都知道商问的秘密了，每天一起工作的总经办的同事能不知道吗？尤其是细心的袁丽景袁主任？

知道了这一点，我们再来看原本我们可能会忽略的桥段，会发现隐藏着重要的信息。

感觉到危险的商问，也准备立刻离开公司。然而，在经过袁丽景的工位时，他却不由自主地停下了脚步。

袁丽景的工位称不上整洁，至少不太符合商问对她这个年纪的女性的刻板印象。打印出来的文件堆放在键盘旁边，遮住了显示屏的一角，随时都有可能倒下来。在这由纸张搭成的"危房"顶端，放着一本倒扣着的书。

这一幕出现在第三部分，也就是商问在一头雾水，不知道案件应该怎么破解的时候，恰好看到了袁主任桌上放的这本书。叠得高高的，摇摇晃晃随时会倒塌下来的纸堆上方，倒扣着一本书——这简直就是在诱惑商问。

于是，商问拿起了这本书，开始知道"谋杀上司"三部曲，也知道了杜松茉莉酒吧的约会。可以说，正是因为这本书，让整个案件变得更加复杂，也导致了酒吧中周振宇的死亡。在此之前，只有任欣蕾的"意外"，以及黄娇娇的案件，相对来说还没有那么复杂。

所以，通过"商问有偷窃癖""他身边的人也知道他有偷窃癖"这两点，我们居然能从这个意想不到的侧面推理出凶手是谁。答案很明显，这一切，都是袁丽景做的局——**她，就是真正的凶手！**

三起案件中最重要的两名角色已经浮出水面：袁丽景是凶手，商问是被利用的工具人。那么，我们是不是可以通过这些已知信息去复盘三起命案了呢？

当然可以，至少，很多浮在表面上的疑点都可以被解开了。

首先是第一起案件，所有事情的起因——任欣蕾被害案。

如果一切都是袁丽景做的，那么首先，任欣蕾为什么被突然辞退就很合理了。任欣蕾是一个工作非常细致认真的人，但偏偏是她，在一个重要文件的审核中粗心了，导致被辞退。谁能陷害她？当然是她的顶头上司，总经办主任袁丽景。所以任欣蕾感觉非常委屈，她根本就不知道自己哪里出了问题。以她的级别，被穿这样的小鞋也根本就没有办法抵抗，她能知道的，就是有人陷害了她。至于陷害她的人是刘总、袁主任，还是商问，她不得而知。

之后，就是任欣蕾的死亡，这太让人摸不着头脑了。她站在公司对面的楼下，抬头看着公司，然后突然之间露出惊喜和错愕的表情，紧接着冲了过来，被车撞死。她看到什么了？

结合前面她被辞退的结论，我们是不是可以这样认为：她看到了陷害自己的人。

或者说，她看到了一幕场景，让她知道了陷害自己的人是谁，所以，她冲了过来，却被等候在一旁的凶手撞死。

凶手是袁丽景，此刻正候在一旁等着撞人，那么任欣蕾看到的是谁呢？我们注意，任欣蕾的表情一开始是惊喜，之后是错愕，最后跑了起来。这说明，她一开始看到的人，是一个她喜欢的人，之后，她看到那个人做了一件事情，导致她认为就是他陷害了自己，所以才会错愕，然后一上头，就冲过马路。

说到这里，这个人是谁，我想大家心里的答案也都是同一个吧？没错，就是商问。

她和商问在工作中互生情愫，彼此肯定是有好感的，所以很惊喜。为什么这个时候商问还在公司，并且出现在她的办公桌前。之后，她看到商问做了一件事——**偷喝她的水**。

任欣蕾桌上有一个巨大的、粉色的水壶，上面有许多大头贴，主角都是一只超级肥的奶牛猫。这个水壶的容量为 1500 mL。商问明确地知道，直到下班时，水壶里都还有一半的水。

大家想一想，如果是一只粉色的、贴满贴纸的、有盖子的、不透明的水壶，商问是怎么知道里面还有一半水的呢？

——因为他会偷喝！

袁丽景知道商问有偷窃癖，也知道他会偷喝任欣蕾的水，所以利用了这一点。她通知任欣蕾，说发现有个同事行为古怪，下班后会偷偷在她的办公桌前做一些奇怪的事情，怀疑这就是陷害她的人。她和任欣蕾约好了时间，让她站在公司对面的楼下看着。与此同时，袁丽景自己在车里等候撞人，因为她知道，任欣蕾看到这个人是商问，并且很诡异地动她东西的时候，一定会把注意力全部集中在上面，然后走进公司。

她没想到的是，任欣蕾居然这么配合，不仅走，而且跑，还冲刺，这给制造车祸带来了巨大的便利。果然，这件事非常顺利地以意外收场。

我认为商问是隐约能感受到的，或者，其实他心里很清楚，任欣蕾冲过马路，被车撞死，是因为自己！但是他不敢面对，因为他的性格里还有强烈的"愧"。由于自己的"偷"导致悲剧发生，"愧"会让他回避这件事，假装不存在。

袁丽景不愧是总经办的老油条，啊，袁主任，我说的不是你，是小说，小说中的袁丽景是一个不折不扣的老油条！她观察人非常仔细，并且计划制订得很缜密，在事件结束之后，居然还安慰商问："小商啊，有些事情吧,是真没办法。这也不是你的错,你可别往心里去啊。"

你说,袁主任,这个袁丽景,是不是个老狐狸?

接下来,就到了黄娇娇的案件。**袁丽景杀人——黄妙妙改动现场——商问偷走尸体——周振宇没有发现异样**,这起事件的时间线已经很清晰了,我这边就补充一个细节啊。

刘总发现黄娇娇没来上班,于是派人去她家里找,他直接委派了商问。这个时候,袁丽景说过一句很奇怪的话,她说:"怎么让你去呢?"

大家想一想这句话,我们现在已知,凶手是袁丽景,她知道黄娇娇已经死了,并且知道现场的状况,她也知道商问有偷窃癖,那么这句话就有点意味深长了。可见在袁丽景原本的想象中,去找黄娇娇的人不是商问,至少不是刘总直接委派商问去,也许会委派她这个总经办主任去,或者周振宇等别的员工。

如果如她所愿,派别的同事,比如周振宇吧,那会发生什么情况?原本的时间线就会变成:袁丽景杀人——周振宇发现尸体并报警。黄妙妙是不可预知的意外，不在考虑范围内。但商问是什么人，袁丽景是清楚的呀，他是要偷东西的！

原本的计划很简单，黄娇娇自杀被发现，现场有司机的衣物。这样事件就结束了。恰恰是因为黄妙妙和商问的介入，让事件变得不可预测了。袁丽景心里想的是，万一商问把司机的衣物偷走了呢？她的计划不就被破坏了？但就连她也没有想到，商问会直接偷走尸体！

节外生枝，让袁丽景原本的计划变得不再完整，她不能停手了，黄娇娇的尸体一天不被找到，她就一天不安心。一方面，被偷走的尸体是一个定时炸弹，随时会引爆，到时候说不定会查到她头上；另一方面，商问究竟知道多少，对袁丽景来说也是个未知数。所以，她不得不再想办法把商问给杀了。

于是，她再次利用商问的偷窃癖，主动让他发现了"谋杀上司"三部曲，并且引导他去杜松茉莉酒吧。

这样做有两个目的：第一，由于"谋杀上司"小说的出现，彻底搞乱了商问的调查头绪，拖缓了商问的行动。这一定会让商问去查任欣蕾的作家身份，然后再根据小说去研究任欣蕾的秘密，这一来二去，需要好几天时间。至少在这几天里，袁丽景是暂时安全的，她可以策划好几次谋杀商问的行动。第二，让商问去杜松茉莉酒吧。

这间酒吧，以前商问和任欣蕾都去过，小说中有这样的描写：像是用朗姆酒、马德拉酒、噶玛兰威士忌以及柠果汁调制而成的"晒焦的一双耳朵"，任欣蕾生前就很喜欢。她死于非命之后，商问已经没有勇气再次踏进那家酒吧了。

但小说中也明确提到，商问没有和任欣蕾单独约会过，那么极有可能的情况是，任欣蕾是这家酒吧的常客，而商问，是跟着偷偷去的。任欣蕾死后，商问就**没有勇气再次踏进那家酒吧了**。这是一个非常关键的信息，什么时候商问会没有勇气、不敢做某件事？

——他偷完东西之后。

再结合商问会偷喝任欣蕾水壶中的水，我们不难推测出，任欣蕾寄存在酒吧里没有喝完的酒，商问也会偷喝。这件事并不难办到，因为酒吧中常会出现取朋友寄存的酒的情况，很多酒吧只需要你提供寄存人的姓名和手机号，就会把寄存的酒拿出来，而不会和寄存人做二次确认。这当然是一个 bug，但酒吧不是银行，大家都是来寻开心的，没必要在这种事情上卡得很死。所以理论上，只要知道任欣蕾的姓名和手机号，就能取她寄存在酒吧中的酒。

袁丽景当然也能取，所以，她要做的事情很简单，在任欣蕾寄存的那瓶酒里下毒。除了商问，不会再有人去喝那瓶酒，这个毒就是为了商问定点投的。唯一的问题是，任欣蕾死后商问已经不会再去那家酒吧了，这就是袁丽景要在书中夹一张便笺，引诱商问去酒吧的原因。

一本书、一张纸，就把商问拿捏得死死的，袁丽景不愧是公司的老狐狸呀。

很可惜，意外再次出现。商问来到酒吧后，发现了周振宇，而且，商问没有办法去拿任欣蕾的存酒，因为那瓶酒，被周振宇取了出来。小说中的描写是，酒保为周振宇拿来了半瓶威士忌和一只八角杯，半瓶威士忌就暗示着这是一瓶寄存的酒。

这就是第三起命案的真相。

说到这里，我们会发现，这三起命案或多或少都被商问的偷窃癖所影响——**第一起是被袁丽景设计，第二起是偶然的意外，第三起是因他而杀错了人！**

我的述标到此为止，希望主办方看在我推理出了几乎所有真相的分儿上，酌情少扣一点超时分。谢谢大家！

何芸得分:

评 委	分 数
袁丽景	0
商 问	9
黄妙妙	10
任欣蕾	10
刘 彦	7
超时扣分	-6
总 分	30

第三个述标

周振宇

哎呀妈呀,怎么到我这儿,就差不多把谜题都给唠完了呢?我这还咋发挥啊,黄总、何总?

我一看何总前面这么精彩纷呈的内容、咔咔一顿分享,最后也就拿个 30 分。我寻思我呀,少说点儿吧,争取什么,争取别扣分,别最后整个负数出来,是吧?哈哈哈哈。

那我就在黄总、何总的解答基础之上,补充这么几点啊。因为我看她们因为时间的缘故吧,有些细节还没说到位,我给找补找补。时间不会太长,希望主办方在倒计时十分钟前就给我暗示，算了，直接给我明示吧，我立马结束，行不？PPT呢，我也没有准备，不太擅长做这个，就直接想到哪里，说到哪里吧。

我刚才听的时候哇，就一直在盘算，该说的也都说了，但是两位还留下了这么几个主要问题没有攻克。

第一，谋杀的动机。你说这袁丽景，费劲巴拉的，利用这个，还利用那个，还出了这么多意外，究竟是为了啥呢？这个动机主要是针对前两起，也就是小任的死，和黄总的死。不好意思啊，我叫习惯了，就这么叫了，两位妹妹，见谅啊。反正我……这个和我本人反差比较大的周振宇的死，是附赠的嘛，杀错了嘛，就不做考虑了啊。

第二，黄妙妙作为一个送奶工，是怎么进的黄总的房间，又为什么不报警，而要做这些杂七杂八的事儿呢？

第三，商问把黄总的尸体，究竟藏在哪儿了？

我们先说第一个，谋杀的动机。一切的起因就是小任，袁主任一定是很恨小任，所以才会这么大费周章地计划去杀她。一般来说,这种职场上的下属,看着不顺眼,直接开掉不就完了吗?事实上袁主任也确实这么做了,把人开了,但还要搞死她,可见,恨得不轻。

那小任做了什么事呢?从小说中,我们能看出来的信息很有限啊,毕竟小任一上来就死了嘛。而且从对她的描述中,我们也能感觉到她是一个热爱生活、工作认真的年轻单身女性,对吧?自己养养猫,上上班,不乱搞男女关系。那她做啥了,这么招人恨呢?

写小说。

写小说是我们从小说当中得知的她唯一做过的比较特别的事情,所以我认为,坏就坏在她写的那套小说上面。

这套小说叫"谋杀上司",分别由《职场女孩的受难》《销售女王的赎罪》和《财务总监的牺牲》三部长篇小说组成。小说中商问认为,这三本书分别对应了三个被害人,是一套带有预言性质的小说,但我们现在知道,不是这样的。最后一个要死的,其实是商问本人,压根也不是什么财务总监。所以它其实不存在什么对应关系。

再有一个,这个系列叫"谋杀上司",但是系列的第一本却叫《职场女孩的受难》,职场女孩,这说的也不是上司呀,和后面两本根本就不挨着。

所以,我们把书和系列分开来看啊。先说书,小任一开始就写了一本《职场女孩的受难》,哎,没有想到,一炮而红。毕竟现在女性主义的小说就是非常火,黄总还老是跟我们说女厕所不女厕所的,她是没进过男厕所,一样的,蹲坑要排队呀。扯远了啊,总之这本书是火了,出版社肯定就要求小任继续往下写嘛,哪怕你写的不是一回事儿,咱也可以通过包装,把它变成一回事儿。图书嘛,不都这么玩儿,大家都是资深的文化产业从业者了,图书出版又是公司业务之一,这点不用我这个财务来科普,是吧?

那你说后面的什么销售女王、财务总监,一般的公司,总是有这两个人的嘛。你去看看,任何公司都有销售女王,哎,奇怪不奇怪,还不止一个。财务总监更不是稀缺货,我大学同学,去了一家公司,一共就三名员工,他负责财务、出纳、招聘和前台,名片上也叫财务总监。所以,这三本书只是一个巧合,再说了,最后一本书本来也没对上商问。袁丽景只是把它当成了一个现成的假线索,抛了出来。

再来说系列名"谋杀上司",这更是一个纯粹的噱头玩意儿。财务总监的牺牲,都牺牲了你还谋杀他干啥呀?我寻思,牺牲不是个好词儿嘛,这个财务总监是个好人啊!对不对啊?

所以,它就是一个噱头,但坏也就坏在这个噱头上了,上司一般是什么职位?经理嘛。谋杀上司,约等于"谋杀经理"。

经理,jīng lǐ,袁主任叫啥?丽景,lì jǐng。

你看,这不合上了吗?

"谋杀上司"这个和书完全没有关系的系列名,在袁主任看来,就是一封对自己的挑战书——一封谋杀预告。

可不是她疑神疑鬼啊，这是有道理的。第一，袁主任作为总经办的主任，最擅长的职业技能是什么？就是看懂暗示。别人正常说一句话，在她心里，就能听出弦外之音来。今天，我们每个人都在靠自己的职业技能来推理，为什么？因为职业已经是我们生活最重要的一部分了，形成了肌肉记忆、条件反射。所以，袁主任看到这个系列名，本能地就对号入座了。第二，这个作者是覆面作家，不知道真实身份。袁主任一开始可能还没彻底当回事儿，但查着查着发现不对劲了。一个作家隐瞒自己的真实身份，这能没有猫腻吗？正经人谁不想出名呀？再往下一查，更不得了，这个隐瞒了身份的作家，居然就是每天跟在身边的同事！你说这可怕不可怕？第三，也就是最重要的一个原因，袁主任本身心里有鬼。

一个本身心里就有鬼的人，有一天看到了一套谋杀"jing li"的书，而且作者隐姓埋名，偷偷潜伏在自己身边，你说她怕不怕？她就生怕这个事情被抖落出来呀，所以才会痛下杀手。

至于谋杀黄总的动机也很简单。小任这么一个年轻的小姑娘，之前跟袁主任没有任何交集，是怎么知道她的秘密的？一定有人告诉她的呗。很容易这么想吧？那告诉她的这个人，就是黄总，袁主任当年的同伙。

也就是说，袁主任和黄总，两个人当年合伙做了一件伤天害理的事情。当时没人发现，两人也约好谁都不许往外说。袁主任肯定是死守秘密，但黄总这个人不一样，平时大大咧咧，心里藏不住事儿，动不动就跟袁主任说去自首，去坦白。所以一旦出了事儿，袁主任第一时间想到的，肯定就是黄总。一不做二不休，杀了小任之后，她把黄总也灭口了，顺便，还把杀小任的这件事儿彻底推到黄总身上。这就是她的动机和原本的计划。当然后来发生的一切，我们也知道了。

说到这里，大家肯定好奇，你个老周说了半天，到底袁主任和黄总当年做了啥？别着急，这就要转到我们的第二个未解之谜上面来了：黄妙妙作为一个送奶工，是怎么进入黄总的房间,又为什么不报警,而要做这些杂七杂八的事儿呢?

一个送奶工,为什么能进入黄总的房间,这个事情说难也难,说简单也简单。正因为她是送奶工,所以才能进入黄总的房间——黄总的备用钥匙,就放在奶箱里。

黄总自然是知道每天自己家的奶箱会被送奶工打开的,那她为什么还要把钥匙放在里面呢?就好像在邀请送奶工进去一样。

不是好像,就是,她就是在邀请送奶工进去。因为这个送奶工黄妙妙,是黄总的亲生女儿!

我们一直很好奇,像黄总这样的精致白领,为什么会租在公司附近这么一个破烂的厂房改建的公寓中,因为这个地方在黄妙妙送奶的范围之内,她想每天都看到自己的女儿,就这么简单。

黄总三十多岁,而黄妙妙自称高中生,其实早就辍学在打工了,年纪不过就是十五六岁,从年龄上来看是符合的。黄妙妙不知道这一点，只知道有一个漂亮的、温柔的大姐姐每天在她送奶的时候主动开门迎接，从她手里拿下瓶子，还问候几声。对于黄妙妙这个无亲无故的小女孩来说，黄总就是唯一会关心她的人。所以她是从心眼里真心地认这个"姐姐"的。

直到那一天，黄妙妙跟平时一样来送奶，却发现房门紧闭，黄总并没有如往常一样出门迎接——这么长时间，这是从来没有出现过的情况。出于关心和好奇，黄妙妙拿出了奶箱中的钥匙，开门进去。

当然，黄总肯定在之前就说过，如果黄妙妙遇到什么事儿，随时可以用这把钥匙开门进屋。只是她没想到，黄妙妙第一次进入这个房间，是因为她自己出事儿了。

进屋后，黄妙妙发现了黄总上吊的尸体，但她不敢报警，因为她自己心里知道，黄总是不会自杀的，也许是母女间的心有灵犀，也许是长久以来的和谐相处，让她们都对彼此有了一份默契。"她不会不跟我打招呼，就自杀的。"黄妙妙当时心里应该是这么想的，但她毕竟只是一个十五六岁的小女孩，她不敢报警，也不想让黄总的尸体就这样吊在家里直到腐烂，更不想让别人看到这个场景以为她是自杀。所以，虽然黄妙妙不知道具体发生了什么事儿，她还是遵循本能，打开了煤气，关了灯，并且把门虚掩了一条缝，然后离开了黄总家。之后，她就和凶手袁主任一样，也在焦急地等待尸体被发现。

之后的事情，大家也能想象出来了，尸体不翼而飞了，黄妙妙是不能接受这个情况的，所以当商问出现的时候，她死缠烂打，一直跟他去了家里过夜……

说了这么多，其实袁主任和黄总当年的事情也就呼之欲出了。我们可以脑补一下：当年，黄总还是年轻女孩的时候，认识了袁主任，两人年龄虽然有一定差距，但也成了忘年交。也许是袁主任在这个年轻女孩身上看到了自己所没有的那种朝气和锐利，她产生了既像长辈又像朋友的保护之情。后来，黄总和当时的男友发生关系，导致意外怀孕，因为是地下恋，那个男人要她打掉孩子，黄总不肯，于是爆发了冲突。袁主任在旁边见怀孕的黄总被欺负，冲上前反击，没想到失手杀了那个男人。

也幸好是因为地下恋情，没人知道男人和黄总的关系。于是，袁主任带黄总离开这座城市，并陪她生下了孩子。但可悲的是，这个孩子就是黄总和那个男人有关系的证据！所以，她虽然保住了孩子，却永远不敢和她相认。

十多年过去，物是人非。如今两人都已经是成功人士，袁主任谨小慎微，享受着当下的地位和生活。而黄总，却随着年纪增长越来越想念女儿，当她得知女儿正在这片区域当送奶工时，就租到了这里，每天和她说上几句话，以宽慰思念之情。

这一切，袁主任恐怕是知道的，但她和黄总毕竟是这么多年的密友，黄总见女儿也始终保持着分寸，没有相认，袁主任便也睁一只眼闭一只眼。直到小任的"谋杀上司"系列小说出版……

什么？有点儿扯吗？

别这么说嘛袁主任，案件的部分她们都说得差不多了，我只能说动机了呀。那动机部分你们写得又不多，这不能怪我吧？

……不是不是，对不住，我嘴笨，但就是这么个意思。没有功劳也有苦劳，你这个多少给点儿分……什么？不给分？你们总经办的人怎么……

哎呀我去，超时了你不提醒我，不是说好要提醒的嘛！

周振宇得分：

评 委	分 数
袁丽景	0
商 问	0
黄妙妙	1
任欣蕾	0
刘 彦	1
超时扣分	−3
总 分	−1

第四个述标

董飞

哦……这个……我比较内向啊,不太会说话。还好,前面几位领导……哦……老总都说得差不多了,我本来都想不上来了。但是老周还有一个点没有说,我就没办法了,帮他说一下吧。

这个结论呢,其实是我们一起得出来的,所以要加分,你们就给老周加。他现在还是负数,挺可怜的。其实我们私底下还打了个赌,谁分数最低,要请客的。

老周肯定是要请客了,但是,让他开开心心地请客吧。

我就说一件事,就是老周没来得及说的,商问把黄总的尸体,究竟藏在哪儿了?

还是和商问这个人的性格有关,大家还记得吗,商问小时候为什么要偷刀?前面何总从偷刀的事件总结了两个关键词:偷和愧。她当时没问我,我还举手来着。我想说,我从里面看到了另外一个词:强迫症。

——如果把它放在切开的苹果旁边,一定能画出一幅杰作。

这是商问偷刀的动机,他确实有偷窃癖,但不是什么东西都偷的,他说过镜子、手机、CD光盘、装满清水的杯子、不锈钢餐叉……这些日常生活中随处可见的东西并不能满足他的要求。他追求的"最后一块拼图"还必须得是那把餐刀。所以,当把餐刀放在苹果旁边的时候,他就舒服了。

我们把苹果和餐刀的意向放大,看看商问现在最求而不得的是什么?

是任欣蕾。

任欣蕾活着的时候，他疯狂地暗恋她，甚至会偷喝她喝过的水、喝过的酒，这已经是一种变态的行为了。但是，任欣蕾还没来得及和他在一起，就被杀害了。

那么，对于商问来说，摆在面前的其实是两件事：第一，找出杀害任欣蕾的凶手，这也是小说的明线。第二，就是小说的暗线，商问急需做的第二件事情是——找到任欣蕾的替代品。

而那个时候，任欣蕾已经死了。所以，一具尸体最好的替代品，就是另一具尸体。

稍等……我再来念下这一段，你们听听看……

> 商问环顾客厅，想了半天也没想出第二个能让她休息的地方。
>
> 这栋房子面积也就四十平方米左右，一室一厅的格局。相比客厅，卧室更加杂乱，自己好久没洗的衣物都堆在床边，包括许多私人物品，所以他还特意嘱咐黄妙妙，千万别擅自进卧室。

商问家是一室一厅，当一个女生来到家里之后有两种选择：第一，女生睡客厅他睡卧室；第二，女生睡卧室他睡客厅。这两个选项几乎是同等的，不可能一个人家里卧室乱客厅干净。如果是绅士一点的人，可能还会更倾向于第二个选择，让女生睡得更舒服一点嘛。

但是，商问从来没有考虑过让黄妙妙睡卧室，甚至还**特意嘱咐，千万别进卧室。**

原因只有一个，卧室里有不能让别人看到的东西。

——他把黄娇娇的尸体放在了床上，当成任欣蕾的尸体，每晚相拥而眠。

（沉默）

哦,还有一点时间，那我再多说一点。不知道你们有没有怀疑过，这个小说里面出现的警察，可能是假的？

为什么这么说呢，因为，哦……我翻一下啊，对，就是这里。

时间关系我就不念了啊，就是商问报警之后，**警察**

到了黄娇娇家门口，直接就请房东开锁了，并且在家里做了所谓的"技术勘查"。大家肯定对这一段有印象。

可是这……很不合理啊。

在警察的视角里，他们是不知道商问是不是报假警的。他们应该先去确认，比如打黄娇娇电话，联系黄娇娇家人，最后是敲门，对吧？敲门不开，也不可能随便就闯进去了，那万一黄娇娇在家里睡觉呢？

所以，在警方没有确认报警的真伪之前，他们就不该直接开门进屋。而且，都开门进屋了，房间里没有任何异样，他们就应该判断商问报的是假警啊，应该把商问带走批评教育或者处罚才对，为什么又进行什么技术勘查呢？什么事情都没发生，因为有人报警，就去居民家里到处搜查，这个肯定是不对的呀。

第二个地方……稍等，我翻一下啊，我还是习惯看着小说来说……对，就是这里，最后了。一个自称"周警官"的人来询问商问："任欣蕾、黄娇娇和周振宇这三个人，在公司里有交集吗？"

这个问得也很奇怪，因为在警方的视角里，只发生了一起案件，就是周振宇被毒杀。任欣蕾的死早就被定性为意外，之后没有提到过警察重启调查。至于黄娇娇，根本连尸体都没有，这都不是案件。这个周警官为什么要把这三个人放在一起说呢？

这个小说里，每次警察出场都很不合理，所以，他们不是真的警察。

那他们是谁呢？我认为，他们就是刘总的化身。

这部小说是总经办的四个人合写的，但总策划是刘总。所以我们能在小说里看到这样一些代表着权力的角色，控制、掌握着小说的推进节奏。试想，如果没有这些角色，整部小说看起来就会非常悬浮，没有重点。

所以，我非常肯定总经办四位同事的付出，但同时，**请允许我向刘总致以崇高的敬意。**

董飞得分:

评 委	分 数
袁丽景	0
商 问	0
黄妙妙	0
任欣蕾	0
刘 彦	10
超时扣分	0
总 分	10

总结陈词

刘彦

啊，没想到啊，这个，我们的几位部门老总，果然是那个什么，精兵强将。我在下面听着，真是高潮迭起！要不是公司里面不允许喝酒，作为总经理我要以身作则，不然我肯定要跟大家干一杯。

那么现在，大家的述标已经结束，所有的谜团基本都已经解开。我们来看一下最终的结果：

黄娇娇，11分；

何芸，30分；

周振宇，-1分；

董飞，10分。

顺便说一下啊，我个人是最喜欢董飞的解答的，啊，呵呵。但是我们是一个公平的比赛，我宣布，本次推理竞标，获得胜利的是人事总监——何芸女士。

有请何总上台发表获奖感言。

获奖感言

何芸

首先感谢公司,感谢刘总,感谢总经办。

当然最要感谢的,是我的三位同人:黄娇娇、周振宇、董飞。

其实我想说,这个奖不是我一个人的,而是属于我们四个人的。明年的推理竞标项目,光靠我们人力资源部肯定是完不成的,到时候也是我们所有部门,在刘总的领导下一起干!

我们在接到这次任务的时候就已经商量好了,这次总经办要我们竞争,但我们选择合作。我们每个人擅长的地方不一样，分配给我们的述标时间也不够解释完所有谜团，与其拼个你死我活，最后还没有解释完全部谜团，不如我们一起把答案拼出来！

我们也有一个小小的强迫症，满分是 50 分，我们要四个人加在一起，拿到这个完完整整的满分！所以，对我们来说，这不是一次竞标，而是一次接龙——一次推理接龙！

第一棒我们交给了黄娇娇，她擅长在一团迷雾中发现核心线索，然后像猎犬一样一条一条追咬过去，就像她的销售风格一样，雷厉风行，杀伐果决。

当核心线索和主要谜团凸显之后，第二棒由我来操刀，我擅长分析人物，正好可以补充黄娇娇留下的未解之谜。

我们两个人的任务是尽可能地多赚取一些基础分数，毕竟在我们俩这儿，绝大多数的谜团都会被解开。但我没想到的是，即便如此分工，时间还是不够用，最终我们两个加在一起，也只拿到了 41 分。

第三棒交给了我们中人缘最好，也是最能扯皮聊天的周哥，在用他独特的东北唠嗑式推理补完凶手作案动机之后，我们发现，居然还倒扣了一分。

还好，最后一棒是我们几个人中最具理科思维的董飞，作为公司的技术总监，有任何 bug 和漏洞，都是他来负责修复。他的任务不是解决案件，而是控制分数。

前三位的分数总和是 40 分，这意味着我们想要拿到满分，他一定要确保自己拿到 10 分。

不愧是董飞老师，他先是利用"和尸体相拥而睡"这一点把总经办四位评审的好感度直接清零，再衔接一招溜须拍……哦，这个主题升华，直接拿下了刘总这边的 10 分。

总经办四位同事出的题，我们四人也做出了完美的回应。这 50 分，是给我们的，也是给你们的，更是给这次试点的推理竞标——不对，推理接龙的最好礼物！

作者、编辑、设计、营销、发行、平台、读者……每一本书，不都是一本推理接龙吗？

毕竟，推理小说从来都是"伪竞争"，我们没有想过要和侦探竞赛，也没有想过要和作者竞赛。**我们，就是推理小说本身啊！**

谢谢大家！

（本书完）

作者简介

陆烨华,推理作家、上海作家协会会员。2012年在豆瓣连载幽默推理短篇集《撸撸姐的超本格事件簿》,初次尝试将搞笑与推理相结合的创作。

已出版推理小说《春日之书》《今夜宜有彩虹》《逐星记》《助手的自我修养》等。

译有阿加莎·克里斯蒂的长篇小说《长夜》《他们来到巴格达》。

同时经营B站账号"推理作家陆烨华",科普关于推理小说的趣味知识。

致读者

本书是一部推理"接龙小说",由五位推理作家,在事先完全没有商量的情况下,以"一人一章"的形式接力完成。这种形式具有一定难度,在实操层面,对于作家是一种挑战。

相比由一位作者独立完成的小说,多人合作接力完成的接龙小说存在一些比较特殊的情况,如:前一人在故事中预留的"伏笔",后面接力的人却没有发现或利用;或由于文库本每章篇幅所限,前文一些蔓生的情节,后面的作者没有完全照顾到,只是在有限的篇幅内,解决了主要的几个疑问,而留了一些无关大局的"坑",最终没有填上。

鉴于接龙小说的此类特性，我们欢迎诸位读者在阅读完本书后，对于书中的某些情节、伏笔，给出自己的理解。或者，有意向的读者，也可对本书进行延伸创作（如根据前四章，续写出自己的第五章），将书内的接龙，接到书外。让这条龙呈现出更加丰富的姿态。如有续作，可通过牧神文化官方渠道联系我们！

由衷感谢您的阅读与支持！

牧神文化编辑部

图书在版编目（CIP）数据

职场女孩的受难 / E 伯爵等著 . -- 北京：北京联合出版公司 , 2025.1. -- ISBN 978-7-5596-8061-7

Ⅰ . I247.5

中国国家版本馆 CIP 数据核字第 20244LV858 号

职场女孩的受难

作　者：E 伯爵　王稼骏　陆秋槎　时　晨　陆烨华
出品人：赵红仕
策划监制：王晨曦
责任编辑：高霁月
特约编辑：华斯比
美术编辑：陈雪莲
营销支持：沈贤亭

北京联合出版公司出版
（北京市西城区德外大街 83 号楼 9 层　100088）
北京联合天畅文化传播公司发行
上海盛通时代印刷有限公司印刷　新华书店经销
字数 88 千字　787 毫米 ×1092 毫米　1/32　6.75 印张
2025 年 1 月第 1 版　2025 年 1 月第 1 次印刷
ISBN 978-7-5596-8061-7
定价：39.80 元

版权所有，侵权必究

未经书面许可，不得以任何方式转载、复制、翻印本书部分或全部内容。
本书若有质量问题，请与本公司图书销售中心联系调换。
电话：010 - 64258472 - 800